KB057808

직박구리가 사는 은행나무

직박구리가 사는 은행나무

이 중 섭 소설

문이당

작가의 말

첫 장편소설 『포토타임』에 이어 소설집 『직박구리가 사는 은행나무』를 조심스럽게 내놓는다. 이제 두 번째 징검다리를 놓았다. 첫 책과 다르게 지금은 담담하다. 이 책을 출간한 후에 일어날 일들도 눈에 보인다. 책이 나왔다고 개인의 세상이 확 변하는 것은 없다. 조금 시간이 지나면 처음으로 다시 돌아간다. 세상은 인간과 상관없이 혼자 유유히 흘러간다. 조그만 공간도 허용하지 않고 틈이 생기면 금방 메운다. 자연이나 인간 세계나 간극을 허용하지 않는 이치는 닮은 점이 많다.

첫 장편소설 『포토타임』을 읽은 친구가 부탁했다.
"진짜 슬픈 이야기 하나 써 줘?"

친구의 머리가 벌써 하얗게 변했다.

"포토타임이 진짜 슬픈 이야기야."

나는 웃으며 그를 쳐다보았다.

"아니, 그것 말고 진짜 슬픈 이야기."

나중에 그러지 뭐, 하고 그냥 지나갔다. 그 친구가 겪은 진짜 슬픈 이야기는 뭘까 궁금했다.

오랫동안 요양병원에 있던 아버지는 내 첫 책을 받고 눈을 끔 벅이며 나를 물끄러미 바라보았다.

"너를 생각하면 불쌍해 죽겠어. 어릴 때 그렇게 잘 먹지 못하고 살아서……."

어린애처럼 울며 그렁그렁 눈물을 흘렸다. 몇 개월 지나 다시 아버지를 찾았다. 아버지 곁에 간호하는 분이 싱긋싱긋 웃었다. 아드님 책이냐고 물으며 한번 보자고 하면 얼른 등 뒤로 숨긴다고 했다.

아버지는 올 초에 세상을 뜨셨다. 우연히 내 생일과 겹쳤다. 빈소에 밤이 깊어지자 조문객들이 모두 떠났다. 배웅을 하고 바람을 쐬러 장례식장 앞에 서 있었다. 사방이 옅은 안개가 낀 것처럼 희뿌옇게 보였다. 하늘은 낮고 공기는 착 가라앉아 있었다. 앞산은 조용히 낮은 자세로 엎드려 있었다. 한밤인데도 산속의 모습이 눈앞처럼 가까웠다. 등성이에 나무들이 줄지어 서 있고, 듬성듬성 바위들 사이로 풀숲이 펼쳐져 있었다. 곧 눈이 내릴 것처럼 날씨가 칙칙했다.

앞산에서 무언가 천천히 움직였다. 분명하게 보이지 않지만 산에 사는 짐승임을 느낄 수 있었다. 새끼들이 오종오종 들어있는 굴속을 나와 지아비를 기다리는 한 여인의 모습과 겹쳤다. 먼 길을 떠난 누군가를 기다리는 산짐승과 술 마시고 늦게 들어오는 지아비를 기다리는 지어미의 모습들이 머릿속을 지나갔다. 눈이 내리는 하늘을 힐끔힐끔 쳐다보다가 지아비가 올지 모르는 산어귀를 내려다보고 있었다.

나 또한 이런 삶과 다를 것 없다. 담배를 피우며 별다른 흔적을 남기지 않고 지루하게 살다 떠난 한 사내의 일생을 돌이켜보았다. 올려다본 하늘에는 천천히 눈이 내리기 시작했다. 날씨가 푸근한 것이 서설처럼 보였다.

결국 친구가 부탁한 슬픈 이야기는 다음으로 미루어야 했다.

아버지의 영전에 이 책을 바친다.

2022년 6월

이 중 섭

차 례

작가의 말

숨은 벽

숨은 벽

무언가 움직인다. SNS에 진규의 사망 소식이 떴을 때다. 삼베
옷이 스치는, 늦가을 숲속의 낙엽이 쌓일 때 나는 소리. 사실은
들었다기보다는 느꼈다고 하는 것이 더 정확하다.

무언가 움직인다고 생각한 순간 하나의 정경이 떠오른다. 도
시에 살면서도 늘 떠올리는 풍경. 제방이 뻗어있고, 냇물이 흐르
며, 그 너머로 멀리 바닷물이 출렁거리는 고향의 송내가 펼쳐진
다. 은어가 팔딱이는 봄이나 보리 숭어가 올라올 오월을 지나 참
게가 부화하려 바다를 향하는 늦가을에도 이 갈맷빛 둑이 떠오르
곤 한다. 진규의 소식을 들었을 때도 이 정경이 펼쳐지며 무언가
움직이는 소리가 들렸다.

진규가 사고를 당한 곳은 냇물과 바닷물이 만나는 기수지역이

다. 흔히 기수역이라 불리는 이곳에서 강과 바다를 오가는 회귀성 어류들이 일정 기간을 머무른다. 회귀성 어류는 이곳에서 체액의 농도를 조정한다. 바닷고기는 바닷물에 맞게, 민물고기는 민물에 맞게 자기 몸을 순응한다. 사람이 죽어 회귀 어류처럼 탈바꿈한다면 진규가 저승으로 가기 전 마지막으로 거치는 망각의 강이 혹 기수역이지 않을까.

진규의 장례식장에 도착한 것은 자정이 다 되어서다. 입구에는 진규의 단짝인 명재가 후배들과 얘기를 나누고 있다. 무언가 의견이 일치하지 않는지 목소리가 높다. 낯이 익지만, 정확히 기억나지 않는 후배들이 인사를 하며 알은체한다. 빈소로 통하는 복도에는 화환이 길게 늘어서 있다. 화환에는 두 줄로 길게 매달린 검은색 리본이 축 늘어져 있다. 진규는 고향에서 농사뿐만 아니라 장의사 그리고 가스배달 등 여러 가지 일을 했다. 그래서인지 나이 들어 고향에 터전을 잡은 녀석치고는 화환이 상당히 많다. 빈소에는 졸업 앨범 속 둥근 사진처럼 진규가 하얀 국화에 둘러싸여 있다. 그의 아내와 두 딸이 벌건 눈으로 어색하게 나를 맞는다.

영정 앞에 하얀 국화 한 송이를 놓는다. 향에 불을 붙이자 푸르고 진한 연기가 피어오른다. 술을 따라 영정 앞에 놓고 평소에 술을 좋아하던 그를 올려다본다. 서너 발짝 뒤로 물러선다. 천천히 두 번 절을 한다. 망자인 친구 앞에서 이런 의식을 치르는 것이 아직은 낯선 마흔 중반이다.

어디쯤 가고 있는지. 혼자 가는 길에 춥지 않은지. 어린 딸들은 어떡하려는지. 헝클어진 수많은 상념이 머릿속에서 어지럽게 꼬인다. 미처 슬퍼하지도 못한 채 혼란스러워 보이는 딸들의 어깨를 다독이고, 그의 아내에게 가볍게 고개를 숙인 채 빈소를 빠져나온다.

대개 초저녁 장례식장의 분위기는 산만하고, 조문객들의 목소리는 크다. 자정이 넘어서인지 조문객들은 거의 돌아가고 어느새 분위기는 가라앉아 있다. 식당에 들어서니 먼저 온 친구들이 한꺼번에 나를 돌아본다. 마치 영정 속 얼굴들이 쳐다보는 느낌이다. 모두 반긴다. 나도 인사를 나누며 한 사람씩 악수한다. 낯선 얼굴들이 많다. 다들 자리에 앉아 다시 술을 마시며 얘기한다. 얘기 소리는 들리지만 왠지 조용한 분위기이다.

나는 아무 말 없이 소주를 몇 잔 거푸 들이켠다. 밥은 옆으로 밀어놓고 육개장 국물만 떠먹는다. 잔을 들고, 마시고, 놓을 때 나는 소리만 들린다. 가끔 빈소에서 가늘고 낮은 울음이 새어 나온다. 이렇게 자정이 훨씬 넘은 시각에도 조문객이 온 모양이다. 잠시 후 다시 잠잠해지며 원래 분위기로 돌아간다.

복도 입구에서 얘기하던 명재가 들어와 옆에 앉는다. 요즘은 시골에서도 대부분 화장을 한다. 하지만 진규는 꽃상여를 태우기로 했다. 그런데 상여를 멜 사람이 부족해 후배들과 옥신각신했다고 한다. 명재에게 술을 따른다. 그는 한 잔만 마셨는데도 얼굴이 빨갛다. 원래 술을 잘 마시지 못한다고 하는데 왠지 뜬금없다. 나 혼자만 술을 마신다.

술기운이 얼큰해지자 길쭉한 탁자의 저편에 앉은 친구들의 등 뒤로 예의 부연 사각형의 형상이 떠오른다. 그들이 움직이면 형체도 따라서 움직인다. 술에 취할수록 더욱 선명해진다. 마치 친구들이 하얀 비석을 지고 있는 모습이다.

이런 현상은 마흔 중반을 넘어서 한 친구가 심근경색으로 죽은 뒤부터 나타나기 시작했다. 처음에는 그저 환각이라 여겼다. 그 뒤로 장례식장에서 술에 취하기만 하면 나타난다. 옆에 앉은 명재에게 친구들의 등 뒤를 가리킨다. 녀석은 나를 물끄러미 쳐다본다. 술에 취했나 싶어 머리를 흔들자 형체는 어느새 벽 속으로 슥, 사라진다. 술을 마시다 보면 다시 나타난다. 명재의 어깨를 잡고 하얀 물체가 보이는지 재차 묻는다. 그는 덧니를 보이며 어린 시절처럼 어색하게 웃는다. 그리고 가만히 내 등을 두드린다.

밤이 깊을수록 친구들은 술 취한 자세를 바로잡으려 모두 상체를 반듯이 세우고 앉는다. 나도 그들을 따라 자세를 가다듬는다. 몸을 바로 세우지만 자꾸 흔들린다. 더 마시면 안 된다는 걸 알면서도 저절로 잔에 손이 간다. 골과 머리 가죽이 따로 노는 듯 지끈거린다. 벽에 몸을 기댄 채 눈을 감는다. 슥, 무언가 움직인다. 눈을 뜨려 하지만 눈꺼풀이 무겁다. 빈속에 마신 술 때문인지 머릿속이 어지럽다. 점점 정신이 희미해진다. 지난 며칠 동안의 일들이 머릿속에서 술기운과 함께 퍼져나간다.

처음 진규가 죽었다는 소식을 들었을 때, 내 머릿속에는 먼저 그의 팔뚝에 새겨진 짙은 바다색의 용 문신이 떠올랐다. 아마도 사고를 당한 곳이 바닷가 기수역이라 그랬을 성싶었다. 냇가 제방에서 기수역으로 접어드는 곳은 길이 꺾이면서 가파르다. 진규는 이곳에서 경운기와 함께 굴러떨어졌다. 하루 일을 끝내고 한 잔 걸친 것이 화근이었다. 지나던 마을 사람이 물에 처박힌 경운기를 발견했을 때는 이미 한 시간이 지난 뒤였다. 뒤집힌 채 털털거리는 경운기 머리 부분이 진규의 몸통을 누르고 있었다. 얼마나 버둥거렸는지 그때까지도 팔과 다리가 하늘을 향해 뻗어 있었다. 진규는 두 눈을 뜬 채 조그만 움직임도 없었다.

명재가 SNS에 하루에도 서너 번씩 진규의 상태를 알렸다. 처음에는 가벼운 사고를 당해 입원한다는 소식이었다. 중년에 자주 나타나는 암이나 뇌졸중도 아니었다. 흔한 자동차 사고도 아니고 뜬금없는 경운기 사고라니 하며 다들 어리둥절했다. 그때까지 그가 죽을 것으로 여긴 친구들은 아무도 없었다.

하루가 지나도 깨어날 낌새가 보이지 않았다. 다시 큰 병원으로 옮긴다는 내용이 이어졌다. 그때부터 무언가 매우 급하게 돌아가는 분위기였다. 상황이 바뀔 때마다 친구의 완쾌를 기원하자는 응원 댓글이 줄을 이었다. 이삼일이 지나자 진규의 상태를 직접 보고 온 친구들 사이에서 어려울 것 같다는 말들이 조심스럽게 흘러나왔다. 그때까지 서울 친구들은 무슨 중계방송처럼 SNS를 보며 그 자식이 어떤 놈인데 설마, 했다. 나이도 나이지만 그 덩치에 경운기쯤은 엎어치기하고도 남을 녀석이라고 생각했다. 그들도 머릿속으로는 축구선수 장딴지만 한 녀석의 팔뚝에 새겨진 용 문신을 떠올리고 있었다.

시간이 지날수록 상황이 불길한 쪽으로 흘러갔다. 급기야 병원에서 가족들에게 마음의 준비를 하는 것이 좋겠다는 얘기가 나왔다. 그제야 인공호흡기만 붙어 있으면 살아날 거라고 믿었던 가족과 친구들이 모두 허둥대기 시작했다. 인공호흡기도 신체가 어느 정도 기능을 해야 효용이 있는데 정지된 상태에서는 하나도 쓸모가 없었다. 마지막으로 그의 얼굴이라도 보려는 친구들은 자정까지 병원으로 내려오라는 글이 올랐다. 설마 하며 망설이고 있던 서울 친구들이 부랴부랴 내려가기 시작했다.

몇 년 전까지만 해도 또래가 죽어도 그냥 대수롭지 않게 생각했다. 군대에서 구보하다 낙오한 병사처럼 그저 예기치 않은 사고쯤으로 여겼다. 그러다 여자 동창 한 명이 췌장암으로 시한부 선고를 받고 잇따라 몇몇 동창에게도 암의 징후가 있다는 얘기가 들렸다. 사회 전반에 암에 의한 사망이 급격하게 늘어났다는 뉴스가 자주 보였다. 게다가 부모들의 부음마저 잇따르기 시작했다. 우리 처지가 마치 두 세대의 죽음을 동시에 치르고 있는 것처럼 숨이 막혔다. 죽음의 먹장구름이 금방이라도 덮칠 듯이 머리 위에 드리워진 기분이었다. 평상시에는 숨어 있다가 삶이 가파를 때마다 나타나는 죽음의 그림자에 나 또한 뭉개질 수도 있겠다는 생각이 들었다. 마음이 불안했다. 결국, 진규는 그 밤을 넘기지 못하고 세상을 떠났다. 그때도 슥, 무언가 움직이는 소리가 들렸다.

그날 밤 거실에서 혼자 소주를 마시고 있었다. 안방에 있던 아내가 거실로 나왔다.

"몸이 으슬으슬하네. 술 그만 마시고 이제 자자. 근데 앞으로 어떡하지?"

아내는 명절마다 반갑게 맞아주던 진규의 아내와 딸들이 걱정된 모양이다. 나는 아직도 녀석이 언제 사고를 당했느냐는 듯이 벌떡 일어날 것만 같았다. 친구인 내 마음조차 이러한데 그의 아내 마음이야 오죽할까 싶었다. 황당하고, 서운하고, 야속하다가 나중에는 억울한 마음에 한마디 말도 없이 죽어버린 남편에게 분노의 고함을 지를 것 같았다.

잠을 이루지 못하고 뒤척이는데 아내가 가까이 다가왔다. 아직도 두려운지 몸을 으스스 떨었다. 나도 서늘한 기운을 잊으려 아내 쪽으로 돌아누웠다. 아내는 내 가슴에 얼굴을 묻었다.

"참, 좋다. 살아 있으니 이렇게 든든하고 편안한데……."

아내는 천천히 몸을 움직였다. 머릿속에서는 죽은 녀석의 그림자가 드리워져 있는데 살아 있는 내 몸은 아내의 살냄새에 따라 천천히 꿈틀대기 시작했다. 몸속에 숨어 있던 욕망의 덩어리가 따뜻하게 데워지자 온몸을 구석구석 돌아다니며 뿜을 곳을 찾아다녔다. 죽음으로 멍해진 머릿속과는 달리 탱탱해진 몸뚱이는 아내의 몸을 비벼대며 살아 있다는 것에 희열을 느끼고 있었다. 어느새 아내의 입술은 나의 목을 타고 아래로 내려가고, 내 손은 아내 허벅지를 거쳐 올라와 가슴을 쓰다듬었다. 아내는 나의 배꼽을 지나 뿌리를 물고 낚시에 걸린 물고기처럼 요동을 쳤다. 잠시 후 거친 숨을 내 귓밥에 뿜어댔다. 마치 죽음을 앞둔 서로에게 베푸는 마지막 배려처럼 거침이 없었다. 몸 깊은 곳에서 끓고 있던 덩어리가 물줄기처럼 솟구쳤다. 아내의 숨죽인 짧은소리가 내 목소리처럼 귓가에 울렸다. 아내는 당장 죽더라도 미련이 없을 것처럼 가쁜 숨을 내쉬며 널브러졌다.

"어이, 원섭이! 진규가…… 어찌 진규가…….."

멍하니 며칠 동안 일어났던 일들을 생각하고 있는데 명재가 내 손을 잡는다. 얼굴이 벌겋다. 한 잔 더 한 모양이다. 맞잡은 손이 생각보다 거칠다.

"자네가 가장 마음이 아플 거야. 운명이라 생각해야지 어쩌겠어."

앞에 놓여 있는 소주잔을 비우고 그에게 잔을 건넨다.

"진규는 나한테 형 같은 놈이었는데…….."

둘은 어릴 때부터 친했다. 같이 고향을 떠났다가 거의 같은 시기에 다시 돌아왔다. 유년 시절과 달리 고향에 온 후에는 열심히 일했다. 그리고 둘 다 서울 친구들에게 아쉬움이 많았다.

유독 서울 사는 친구들이 고향에 조용히 왔다가 말없이 올라가 버린다. 그럴 때마다 자기들 몰래 왔다 간 느낌이 든다. 그런 사실을 알고 나면 왠지 기분이 무척 더럽다고 명재는 하소연하곤 했다. 전에 진규도 술자리에서 이런 비슷한 말을 했다. 명재나 진규도 친구들이 그런 의도가 없다는 것을 뻔히 알고 있었다. 하지만 시골에 사는 친구들은 뭔가 주눅이 들어 있어 사소한 것에도 신경이 날카로웠다.

술에 취한 명재가 일어서더니 빈소로 향한다. 나도 비틀거리며 그를 따라간다. 빈소는 사람들의 움직임이 없어서인지 조용하다. 진규의 아내와 두 딸은 빈소 안쪽에 있는 휴게실로 잠시 쉬러 간 모양이다. 명재는 진규의 영정 앞에 엎드린다. 가끔 고개를 들고 진규를 올려다본다. 얼굴이 불쾌해 보이는 명재는 계속 진규를 부른다. 진규를 부르는 울림은 갈수록 빠르고 간절하다. 혹시라도 울림의 파장이 사라져버리면 진규와 연결되는 마지막 끈마저 놓쳐버릴까 두려워하는 것처럼. 나는 관 속에 조그맣게 수축하여 있을 진규의 몸을 떠올린다. 엎드려 있는 명재뿐만 아니라 내 몸마저 점점 작아지는 느낌이 든다. 영정 뒤편에서 슥, 무언가 다시 움직이는 소리가 들린다.

명재는 한참을 엎드려 있다. 여전히 빈소는 조용하다. 식당 쪽에서 간간이 떠드는 소리만 들린다. 갑자기 엎드려 있던 명재가 벌떡 일어나 영정 앞으로 다가간다. 진규의 모습을 조금 더 가까이 보려는 것 같다. 자꾸 손을 내밀며 허우적거린다. 몇 번이나 헛손질하더니 결국 미끄러진다. 명재는 쓰러지면 일어나 다시 손을 내민다. 계속 영정을 잡으려 하지만 바닥에 쓰러진다. 널브러진 몸 위로 하얀 꽃들이 쏟아진다. 하얀 꽃 속에 묻힌 명재를 영정 속의 진규가 가만히 내려다보고 있다. 나는 명재의 손을 잡고 일으킨다. 진규 아내가 무슨 일인가 싶어 나온다. 어지럽혀진 바닥을 보고 입을 벌린 채 서 있다. 얼른 명재를 데리고 빈소를 빠져나온다. 식당에는 친구들이 여전히 얘기에 열중하고 있다.

몇 년 사이에 장례식장은 동창들의 또 다른 모임의 장소로 바뀌었다. 부모의 장례식에는 당사자와 가깝게 지내는 친구들만 빈소를 찾지만 동창의 장례식장에는 평소 연락도 없던 얼굴들이 많이 눈에 띈다. 진규의 장례식장에도 처음 보는 얼굴이 많다.

발인 하루 전이다. 노랗게 색이 바랜 머리에 숱이 없는 작달막한 사내가 다가온다. 다른 친구들을 본체만체하며 나에게 손을 내민다. 가만 보니 영국이다. 졸업 후 삼십 년 만이다. 노모와 함께 마늘과 한라봉을 재배한다는 얘기를 언젠가 친구들한테 들었다. 내 옆에 바짝 다가앉더니 나무젓가락으로 맥주 마개를 가볍게 젖힌다.

"진규가 죽어서 오늘은 꼭 한잔해야겠네. 나한테도 술 좀 한 잔 따라 줘."

어릴 때와는 달리 쩡쩡해진 목소리에 나는 잠시 어리둥절한 채 그를 쳐다본다.

"술 못 한다고 들었는데 한 잔씩 하는가 봐."

나는 술을 따라주고 잔을 되받으며 그를 바라본다. 조금 벌어진 입가에는 어릴 적처럼 여전히 마른침이 묻어 있다.

영국은 초등학교 때 요즘 말로 왕따였다. 시험점수를 발표하는 날이면 담임선생에게 으레 수십 대씩 매를 맞았다. 평소에도 사사건건, 머리에 똥만 찬 놈이란 욕을 들으며 터지기 일쑤였다. 그 시절에는 우등생들도 자주 매를 맞던 시절이어서 그 정도의 매타작은 다들 그러려니 했다. 담임은 성적불량자에게 따로 우등생을 한 명씩 붙여서 특별지도를 시켰다. 매를 때려도 좋다는 완장까지 채워줬다. 철없던 나는 담임과 똑같이 그를 때리며 구박했다. 영국을 때릴 때마다 맨 뒤 좌석에서 진규가 나를 째려보았다.

나에 대한 그런 기억을 잊었을까. 아니면 좋지 않았던 일도 지나고 나면 추억으로 남은 걸까. 영국은 지난 일들을 끊임없이 얘기한다.

"진규 때문에 이렇게 원섭이 자네도 만나게 되네, 참말로."

처음에는 늙수그레하게 보이던 영국의 얼굴도 시간이 지나면서 점차 어린 시절의 모습으로 바뀐다. 하지만 목소리만은 여전히 어른의 음색이다. 나도 모르게 무언가 어색해 자꾸 고개를 갸웃거린다. 어릴 때 여기저기서 얻어터지고 다녔던 녀석이기에 혹시나 진규에게 쥐어박혔는지 물어본다. 그는 손사래를 친다.

"진규는 우리같이 순한 애들은 안 때렸어. 건들거리고 싸가지 없는 놈들만 때렸지."

물론 진규도 술자리에서 영국처럼 얘기했다. 하지만 도시로 진학했던 친구들은 다들 진규를 겉멋만 든 건달로 취급했다. 이런 오해 때문에 서울 친구들이 고향에 오면 진규에게 연락하지 않고 그냥 올라가 버렸다. 하긴 그렇다고 지금 따져보아야 무슨 소용이 있겠는가. 이제 진규는 말도 없이 관 속에 누워 있을 뿐이다. 영국은 편찮은 노모 때문에 일찍 자리를 뜬다. 그가 가버리자 다시 술기운이 머릿속을 어지럽힌다. 흐릿한 머릿속에 이태 전 죽은 장인과 지금 관 속에 누워있는 진규가 뒤엉키며 나타난다. 장의사 일을 함께하고 있던 진규가 목에 수건을 걸친 채 관에서 일어난다. 천천히 몸을 움직이며 장인의 염습을 시작한다.

내가 염습 장면을 직접 본 것은 그날이 처음이었다. 처가 쪽의 남자는 처남 혼자다. 나이가 너무 어려 시신을 무서워해 내가 대신 참관했다. 하얀 천으로 덮인 장인의 시신은 오그라들고 굳어져 더욱 작고 초라해 보였다. 진규는 계속 수건으로 쏟아지는 땀을 닦으며 차근차근 작업을 해나갔다. 뻣뻣하게 굳어진 팔을 뒤로 확 젖히자 뼈가 우두둑, 부러지는 소리가 났다. 그런 다음 팔을 탈탈 털어 시신을 부드럽게 했다. 다리도 마찬가지였다. 비록 시체지만 저렇게 함부로 다루어도 되나 싶어질 정도로 거칠었다. 나의 걱정은 아랑곳없이 진규는 염습에만 몰두했다. 나에게 시신의 발목을 잡게 하고는 양쪽 팔목을 잡아, 자기 쪽으로 쭉 당겼다가 다시 내 앞으로 확, 젖혔다. 그렇게 굳어 있는 온몸을 빠짐없이 골고루 풀어줬다. 나중에 수의를 입힐 때 팔다리가 잘 접히게

하려는 속뜻이 있었다. 다음에는 알코올을 적신 탈지면으로 겨드랑이와 발가락 사이를 닦았다. 그리고 이물질이 있을 만한 몸의 구석구석을 깨끗이 닦아냈다. 이전과는 다르게 세밀하고 정성스러운 손놀림이었다. 비록 죽었지만, 육체의 땟국 때문에 저승에서 체면을 구기지 않게 하려는 배려일 터이다.

다음에는 성기를 닦을 차례였다. 성기는 썩은 감자처럼 쭈그러진 불알 사이에 조그맣게 붙어 있었다. 마치 어릴 때 찰흙으로 만들던 거북선의 꼬리처럼 떨어질까 아슬아슬해 보였다. 장인은 장모에게서 딸을 다섯이나 낳았지만, 아들은 다른 여자에게서 봐왔다. 일생을 살면서 수 없는 욕망의 분출구였을 성기는 이제 썩은 지푸라기와 하등 다를 게 없어 보였다. 평소에 장인에게 품고 있던 모멸스러운 감정이 허탈한 마음으로 바뀌었다. 다리를 잡은 두 손에서 스르륵 힘이 빠져나갔다. 나의 상상과는 상관없이 진규는 성기를 엄지와 검지로 집어 들고 탈지면으로 요리조리 움직이며 깨끗이 닦아냈다. 나는 성기가 떨어질 것 같아 조마조마했다. 그런 나를 진규가 흘깃 보더니 손가락으로 성기를 툭, 튕기며 씩, 웃었다. 그는 다시 아무 일 없다는 듯이 손톱과 발톱을 깎아 조그만 주머니에 담았다. 장인의 발에 버선을 신기고 두 손을 가슴 위에 포개 놓았다.

진규가 잠깐 허리를 펴며 목에 두른 수건으로 땀을 닦았다. 슬며시 장의사 일을 하게 된 까닭을 떠보았다. 교도소에 있을 때 죽음에 끌려 배웠다며 별것 아니라는 듯 말했다. 진규는 젊은 치기에 서울에서 시시껄렁한 조직에 몸담은 적이 있었다. 다행히 뒤탈 없이 빠져나오는가 싶었는데, 술자리에서 사소한 일로 시비가 붙어 폭행 혐의로 교도소에 들어가고 말았다.

"시체를 만지면 무섭거나 께름칙하지 않아? 꿈속에 나타난다든지……."

"처음엔 그랬지. 그런데 한 오십 구 넘게 뒤집다 보니 무감각해져 버리더라고."

그는 시체를 마치 무슨 자반고등어를 뒤집는 것처럼 시큰둥하게 말했다.

"께름칙하기는 산 사람이 더 그렇지."

하긴, 그의 말대로 세상 돌아가는 꼴을 보면 살아 있는 사람들이 더 께름칙하고 두려울 때가 많았다.

염습이 막바지에 이르자 그의 온몸이 땀으로 흠뻑 젖었다. 우람한 양쪽 팔뚝에도 땀이 번들거렸다. 목에 두른 하얀 수건이 팔뚝의 짙은 바다색 용 문신을 더욱 도드라지게 했다. 관이 놓인 방에서 무엇을 하는지 궁금해 들락거리던 아홉 살 먹은 아들의 눈길이 그 용 문신에 꽂혔다. 염습을 마치고 마당으로 나와 소주를 마시고 있는데 아들 녀석이 진규의 눈치를 슬금슬금 살피며 나를 한쪽으로 끌고 갔다.

"아빠, 저 아저씨 팔뚝에 그려진 그림, 어떻게 만든 거야? 신기한데?"

군밤을 먹여주고 오자 눈치를 챈 진규가 아들을 부르더니 만원 지폐를 한 장 주고 머리를 쓰다듬었다.

"이런 건 아저씨가 바보라서 했던 거야. 그림은 몸에 그리는 게 아니야."

그러고는 내게로 고개를 돌렸다.

"고향으로 내려와 살기로 작정하고 나서 문신을 지우고 싶었지만, 이것도 나의 과거니 어쩔 수 없지 않나 싶더라고. 지금 생각하면 차라리 참게를 새길 것을 그랬어."

"참게라고?"

동시에 내 머릿속에서 슥, 하는 소리가 울리며 지나갔다.

"그래, 민물에 사는 참게. 어릴 때 우리 아버지가 잡아다 읍내 식당에 내다 팔았잖아."

진규의 아버지는 농사를 지으며 시간 나는 대로 참게를 잡으러 다녔다. 내수면 어업허가권을 가지고 있었다. 진규도 양동이를 들고 아버지를 따라다녀야 했다. 하지만 친구들이 볼까 봐 늘고개를 숙였다.

"사람들은 은어가 바다와 강을 오가는 줄은 잘 알지만, 참게가 그러는 줄은 모르거든."

진규는 차근차근 은어와 참게에 관해 이야기했다.

은어는 강에서 산란한 뒤에 죽는다. 알에서 깬 어린 새끼가 바다로 나가 성장해서 다시 강으로 돌아온다. 그리고 산란한 뒤에 죽는다. 참게는 은어와 반대다. 바다에서 산란한 뒤에 죽는다. 어린 새끼가 강으로 올라와 성장한 뒤에 다시 바다로 나간다. 그리고 참게도 은어처럼 산란 후에 죽는 것은 마찬가지다.

참게는 돌 틈에 숨어 산다. 몸통은 작지만 모서리가 둥그스름한 사각형의 껍질을 등에 지고 다닌다. 다리는 가늘고 길다. 바닥에 착 엎드려 있는 참게는 가을 차가운 바람이 불기 시작하면 서서히 일어나 바다를 향해 기어가기 시작한다. 물속에서 천천히 기어간다. 오직 밤에만 움직인다. 가끔 냇가 제방을 따라 떼 지어 움직이는 참게도 있다. 뭍에서 움직이는 참게는 생각보다 빠르다. 뿌르륵, 움직이다가 잠깐 쉬기를 반복한다.

"은어는 강으로 오르고, 참게는 바다로 향하는 거지."

진규는 두 생물을 알기 쉽고 간략하게 매듭지어 말했다.

사실 참게가 바다를 향하는 것은 맞지만 정확히는 바다와 민물이 만나는 기수역으로 향한다. 그곳에서 참게는 알을 품고 겨울을 지내고 봄이 되면 산란한다.

참게의 한살이는 시골 출신인 나에게도 생소했다.

진규가 소주잔을 들자 팔 근육이 꿈틀거렸다. 진한 바다색 용 문신이 출렁이며 잠깐 참게처럼 보였다 사라졌다.

"문신은 문신이고 소설 쓴다고 하던데……."

출판 일을 하는데 작가라고 잘못 알려진 모양이다. 짐짓 모른 척 그의 말을 받았다.

"왜, 혹시 조폭에 몸담았던 이야기 쓸까 봐 겁나? 그 길로 쭉 가지 그랬어."

"허어 참. 그때는 그 바닥이 멋지게 보였는데 몇 년 하다 보니 치사하고 더러워서 도저히 못 해 먹겠더라고."

"그럼 검은 장갑에 바바리 깃 세우고, 영화처럼 활극만 하는 줄 알았어?"

"말을 꼬아도 참. 하여튼 소설 쓰면 우리 친구 이야기도 할 거 아니야. 나 좀 좋게 써 줘."

"아이고, 됐네, 됐어. 네 역할은 이미 딱 정해져 버렸어."

"허, 날 깡패로 쓰기로 정해 놓았단 말이제?"

마흔 중반이 넘으면 친구들 사이의 말투도 그 이전과 사뭇 달라진다. 서로 나잇값을 하느라 공손히 대하다가 어느새 어린 시절로 돌아가 말이 거칠어지곤 한다. 진규는 어깨를 한 번 으쓱하더니 그러면 어쩔 수 없지, 하며 술을 털어 넣었다.

그날 늦게까지 장인 빈소에 함께 있던 진규는 새벽녘에 잠깐 눈을 붙이겠다며 비탈길을 내려갔다. 비틀거리며 한참을 내려가다 잠시 멈추었다. 담배에 불을 붙이고 고개를 들어 하늘을 향해 연기를 내뿜었다. 진규의 앞쪽에서 날이 밝아오고 있었다. 길게 늘어져 있는 하얀 시멘트 길이 점점 작아지며 네모난 비석처럼 그의 등 뒤로 달라붙었다. 한순간, 무게 때문인지 휘청거리더니 다시 발걸음을 내디뎠다.

친구가 죽어도 처음과 나중에 느끼는 슬픔의 무게는 확연히 다르다. 시간이 지날수록 여유가 생기면서 자신도 모르게 긴장감이 느슨해진다. 술이 몇 순배 돌고 앞자리의 얼굴들이 바뀔 때마다 각자 다른 삶의 얘기로 슬픔이 희석되어 버린다. 이미 죽은 녀석의 기억은 잠시 뒤쪽으로 밀려난다. 이제 서로 살아가는 이야기에 열을 올린다.

계속 술을 마시자 머리가 빙글빙글 돈다. 친구들의 목소리가 가물거린다. 대화는 마디마디 뭉텅이로 귓가에서 맴돌다 사라진다. 정신을 차리려 해도 자꾸 눈이 감긴다. 흐릿한 눈 속에 다시 사각의 물체를 짊어진 친구들이 어른거린다. 점차 사각의 껍질이 하얀 비석으로 바뀐다. 하얀 비석을 등에 지고 걸어가는 진규와 바다를 향해 기어가는 참게의 모습이 서로 겹친다.

다음 날 오전 열 시, 마을 회관 앞 공터에서 노제를 지낸다. 마을 뒤 천등산 자락 아래로 다랑논들이 다랑다랑 포개져 있다. 산

정상 위 하늘은 흐린 얼굴로 상여를 내려다보고 있다. 상여 뒤쪽에서 진규 노모의 통곡이 끊이지 않는다. 그 곁으로 마을의 할머니들이 줄줄이 앉아서 눈물을 흘리고 있다. 언뜻 여자 동창인 정옥의 어머니의 모습이 눈에 띈다. 나와 눈이 마주치자 수건으로 눈물을 훔치고 옷을 매만지며 다가온다.

"언제 내려왔을까. 동네 노인들이 웬 날벼락이냐며 다들 죽을 상이여."

마을 노인들은 가스배달을 하며 집안의 자잘한 일까지 돌봐주는 진규에게 늘 고마워했다. 나도 고향의 언덕배기가 사라진 느낌인데 마을 노인들의 심정은 오죽할까 싶다. 더구나 정옥 어머니는 진규의 죽음이 남다를 것 같았다.

"그런데 우리 정옥이 좀 어떻게 해 봐. 원섭이가 누구 소개 좀 해 줘."

갑자기 화제를 바꾼다. 나는 묵묵히 듣는다. 가끔 고향에 내려와 정옥의 어머니와 마주칠 때면 어김없이 그녀의 결혼 이야기를 들어줘야 한다.

"원섭이가 말하면 잘 들을 것 같은데 그래. 우리 정옥이 예쁘고 똑똑한데 정작 시집도 못 가고 직장에만 다니고 있으니 내 마음이 오죽하겠어. 원섭이만 믿으니 좋은 사람 좀 소개해 줘."

마흔 중반을 넘어 한 녀석은 죽어 장례를 치르고 있는데, 노모는 결혼하지 못한 딸 걱정을 하고 있다.

나는 저만큼 서 있는 정옥을 바라본다. 정옥은 슬그머니 내 눈길을 피한다. 그녀의 어머니는 언제 그런 말을 했느냐는 듯 다시 상여 쪽으로 가며 울기 시작한다. 나는 정옥 곁으로 다가간다. 어젯밤 장례식장에서 보았기에 별달리 할 얘기도 없다. 어제 그 자리에서 한 여자 친구가 했던 말이 생각나 피식, 웃는다.

"너희 둘은 학교 다닐 때 뭔가 잘 맺어질 것 같았는데 이상하네?"

우리는 서로 보며 웃고 말았다. 그때는 한 방향을 같이 바라보는 이성이라기보다는 오히려 경쟁자에 가까웠다.

마을을 떠나려는 상여를 부여잡고 동네 노인네들이 한바탕 울음을 쏟아낸다. 상여는 머리를 세우고 마을을 한 바퀴 돈 뒤에 천등산 자락의 선산으로 방향을 튼다. 어느새 정옥은 진규의 아내를 부축하고 상여를 따라간다. 어깨를 구부정하게 숙인 영국이 어릴 때처럼 헤죽헤죽 웃으며 상여의 무게를 줄이려는지 연꽃을 뜯어 길가에 뿌린다.

묏자리는 이미 굴착기로 네모나게 파여 있다. 상여를 구덩이 옆에 내려놓고 상여꾼들이 한숨을 돌린다. 휴식도 잠깐, 다시 사람들이 움직이기 시작한다. 꽃가마를 벗긴다. 상여 운반 틀에서 관을 들어내 사각의 구덩이 속으로 내려놓는다. 관이 바닥에 닿

는다. 쿵 하는 소리가 가슴속으로 파고든다. 경험 많은 일꾼이 삽
날로 모서리를 들썩인다. 관의 머리를 맞추고 흙을 고르게 넣어
바닥을 평평하게 하려는 것이다.

이제 흙으로 관을 덮을 차례다. 명재가 진규의 아내에게 흙이
든 삽을 건네준다. 진규의 아내는 차마 흙을 뿌리지 못하고 울며
주저앉는다. 한참 후에 명재의 도움으로 겨우 흙을 붓는다. 두 딸
이 차례로 흙을 붓는다.

쿵!

몸이 떨린다. 갑자기 진규가 움직이는 것 같다. 명재와 고향
선후배가 흙을 붓는다.

쿵!

각자 등에 짊어진 비석을 관이 놓인 구덩이에 내던진다. 여전
히 흙을 부을 때마다 관이 들썩인다. 나도 천천히 그의 가슴 위로
흙을 뿌린다.

쿵!

진규가 무겁다는 듯 관의 네 귀퉁이가 들썩인다.

쿵! 쿵! 쿵! 쿵!

옆에서 대기하던 굴착기가 한꺼번에 흙을 쏟아 붓는다. 관이
한참을 들썩인다. 또 한 번 굴착기의 커다란 삽이 흙을 쏟는다.
관을 묻은 구덩이가 지상처럼 평평해진다. 이제 울림도 없고 조

용하다.

　일꾼들의 손이 부지런히 움직인다. 점차 황토색 봉분이 둥글게 모양새를 갖추어 간다. 봉분과 그 주위에 뗏장을 입힌다. 산의 한 부분이 그의 안식처로 자리를 잡아가고 있다. 그 사이에도 영국은 상여 꽃을 뜯어 하나하나 주위에 흩날린다. 상여가 올라온 비탈길 아래로 여기저기 꽃들이 피어 있다. 진규가 가고 있는 저세상 길에도 꽃이 피어있을까.

　슥슥슥!

　멀리서 바닷바람이 불어오는지 꽃들이 흔들린다.

　산에서 내려온다. 산기슭에 둘러앉아 가벼운 식사를 시작한다. 갈 길 먼 서울 친구들은 빠르게 식사를 마치고 일어선다. 나머지 친구들도 덩달아 젓가락을 바삐 움직인다. 갑자기 주위가 먼저 떠나는 친구들의 인사로 부산스럽다. 진규의 아내는 정옥 옆에 가만히 고개를 숙이고 앉아 있다. 친구들이 축 늘어진 어깨와 피곤한 얼굴로 진규의 황토색 무덤을 한 번씩 돌아본 뒤에 차에 오른다. 나는 먼저 올라가는 친구들에게 고마움을 전한다. 검은 아스팔트 길 위로 차들이 꿈틀댄다. 차들이 바다로 기어가는 참게 떼처럼 보인다. 좁은 찻길은 멀어질수록 중앙선은 보이지 않고 양쪽 하얀 선만 길게 뻗어있다. 사각 껍질을 둘러쓴 참게들이 엉금엉금 하얀 천을 끌면서 기어간다.

봉분 맞은편의 산속 무덤 위에 장끼 한 마리가 두리번거린다. 시끄러운 소리에 무슨 일인가 싶어 나타난 모양이다. 긴 목의 하얀 테가 하얀 베를 감은 듯 선명하다. 하얀 테 위의 진한 바다색도 눈에 띈다. 진규 팔뚝의 문신이 눈앞에 어른거린다. 봉분을 마무리하던 사람들이 산 밑으로 내려온다. 그제야 장끼는 양 날개를 벌리며 푸드덕거린다. 머리를 꼿꼿이 들고, 황금색 깃털이 섞인 앞가슴을 내밀고, 두 날개를 퍼덕이며 목청껏 울어댄다. 마치 진규가 친구들을 배웅하는 것처럼.

누군가 바닷바람을 좀 쐬고 올라가자고 큰 소리로 말한다. 그제야 고개만 숙이고 멍하니 있던 진규의 아내가 일어선다. 친구들에게 고맙다고 인사를 하면서 다시 흐느낀다. 모두 차에 오른다. 영국도 비틀거리며 함께 차를 탄다.

송내와 바다가 만나는 기수역으로 향한다. 푸른 제방을 따라 천천히 차를 움직인다. 기수역이 가까워지자 개펄 냄새가 달려든다. 멀리 바닷물이 출렁이는 모습이 보인다. 밀물 때인 모양이다.

"진규가 바로 여기서 경운기를 몰다가 바다 쪽으로 미끄러졌어."

기수역에 도착하자 영국이 그날 그 자리에서 직접 본 듯이 목소리를 높인다. 나는 물속을 들여다본다. 진규의 얼굴이 어른거린다.

슥.

진규가 쓰러진 곳에 무언가 천천히 움직인다. 가까이 다가가 물속을 들여다본다. 참게다. 철 이르게 도착한 참게다. 가만 보니 한두 마리가 아니다.

슥슥슥.

참게들이 여기저기서 천천히 움직인다. 갯벌에는 참게의 허물로 보이는 네모난 껍질들이 여기저기 흩어져 있다. 아직 참게가 산란할 때가 아닌데도 껍질들이 많다. 긴 여정 끝에 생긴 상처로 죽은 참게들이다. 폐허가 된 공동묘지에 쓰러진 비석처럼 여기저기 널브러져 있다. 어느새 진규가 쓰러졌던 자리에도 바닷물이 슬금슬금 밀려든다.

서울로 올라오는 차 안에서도 기수역을 향해 움직이는 참게 떼의 소리가 끊임없이 들려오고 있다.

아데니움

아데니움

"도대체 언제까지 이렇게 살아야 한대?"

계단을 뛰어오르는 순간에도 아내의 한숨 소리가 귓가에 맴돈다. 일요일 아침, 옥상에는 아무도 없다. 아무렇게 움켜쥐고 온 바지와 셔츠를 바닥에 내려놓는다. 옷을 걸치며 딸이 뒤쫓아 올 것 같아 계속 계단 쪽을 힐끔거린다. 기척은 없다. 혹시나 마음이 불안해서 엉거주춤 바지를 걸친 채 물탱크 뒤로 숨는다. 바지에 발이 걸려 어기적거린다.

옥상 주위에 창문을 둘러본다. 다행히 보는 사람은 없다. 왠지 멋쩍다. 옷을 대충 입고 난간으로 다가간다. 아침인데도 공기는 후덥지근하고 하늘에는 미세먼지만 잔뜩 끼어 있다. 건물들 사이로 앞산이 흐릿하게 보인다. 저기 어디쯤에서 사내는 아들의 목을 조였을 것이다. 그다음에 자기 목에 손을 댔을 터이다. 내 목을 감싼 뒤 손에 힘을 준다. 숨이 막힌다. 목울대가 울렁인다. 조였던 손을 푼다. 손등에 찍힌 잇자국에 눈이 머문다. 딸의 시퍼런 치아가 번뜩인다. 난간을 잡고 서 있는 다리에 힘이 없다. 가까스로 곁에 놓인 평상에 주저앉는다.

아침에 거실에서 아내와 딸이 늘 그렇듯이 얘기를 주고받고 있었다.

"너는 나의……?"

딸이 먼저 물었다.

"운명…….."

그렇다. 운명일 뿐이다. 아내는 무덤덤하게 대답했다.

"아니야, 아니야! 너는 나의?"

딸이 다시 물었다.

"햇살…….."

아내는 뒷말을 길게 늘이며 건성으로 대답했다.

"우리 집?"

딸이 대화를 이었다.

"꿀단지."

아내의 목소리는 여전히 힘이 없었다. 딸은 아주 오래전에 방영된 연속극의 제목에 관해 얘기했다. 인상 깊었던 모양이다. 이제 딸이 무엇을 물을지는 이미 정해져 있다. 언제 어디로 놀러 갈 거냐고 물을 차례다. 승낙할 때까지 반복할 것이다.

"그런데 결혼식장에서 왜 소리 질렀어?"

갑자기 아내가 얘기의 물꼬를 돌렸다.

"엄마한테 떼쓰면 혼나요."

느닷없는 질문에 딸의 목소리가 엉켰다. 딸은 정해진 틀에서 벗어나면 늘 당황해 했다.

"그런데 결혼식장에서 왜 소리 질렀느냐고?"

아내의 목소리에 화가 잔뜩 묻었다. 친척들 앞에서 소란을 피운 딸이 너무 괘씸했다.

"소리치면 혼나요. 아, 아, 아, 아!"

딸은 귀를 막고 같은 소리를 반복해 질렀다.

"귀 아파?"

조금 걱정이 된 아내가 물었다.

"귀 안 아파요."

딸의 목소리가 조금 누그러졌다.

"그런데 왜 소리를 질러?"

"소리 지르면 안 돼요."

"목 아파?"

"목 안 아파요."

"그런데 왜 소릴 치냐고?"

아내의 목소리는 점점 격앙되었다.

"엄마한테 야단맞았지."

딸이 엉뚱한 대답을 했다. 가끔 딸은 아내가 할 말을 자신이 미리 하곤 했다.

갑자기 딸이 아들 방 쪽으로 쏜살같이 달려갔다.

"안 돼!"

아내가 딸을 뒤쫓았다.

또 시작이구나. 방에서 뒤척이고 있던 나는 얼른 거실로 나왔다. 딸은 아들 방문을 열려고 손잡이를 돌리고 있었다. 다행히 방문은 잠겨 있었다. 꽝꽝, 발길질했다.

"꼬집을 거야! 꼬집을 거야!"

딸을 문에서 끌어당기자 버둥거렸다. 다시 힘껏 힘을 줬다. 획, 돌아선 딸이 내 얼굴을 때렸다. 뺨이 얼얼했다. 그 틈에 내 손을 물었다. 쓰벅, 면도칼로 베인 느낌이다. 다음에 일어날 일의 순서는 정해져 있었다. 딸이 돼지 멱따는 소리를 지르며 거실에서 뒹군다. 집안은 순식간에 아수라장이 된다. 이웃들이 몰려드는 것은 다음 문제다.

미리 손을 써야 했다. 얼른 딸의 두 팔을 꽉 움켜잡고 온 힘을 다해 거실 중앙으로 밀었다. 힘에 밀려 딸이 바닥에 쓰러졌다. 쓰러지자마자 악을 쓰며 발로 거실 바닥을 두드렸다. 쿵쿵. 아랫집이 걱정되었다. 가까스로 딸의 몸 위로 올라 두 팔을 눌렀다. 딸은 눈을 뒤집은 채 마구 소리를 질렀다. 발을 뻗어 딸의 다리를 움직이지 못하게 눌렀다. 아내가 가져온 수건으로 딸의 입을 막았다. 일단 비명은 틀어막았다. 이런 상태로 있는 것도 오래 가지 않았다.

짧은 틈이 생기자 여러 가지 복잡한 생각이 밀려왔다. 앞으로 나이가 들수록 더 심할 것이 틀림없었다. 힘도 세지고 소리도 엄청나게 클 것이다. 감당할 수 있을까 두렵다. 그런데 남자아이라면 얼마나 힘이 셀까. 그 사내도 자기 아들의 거센 힘에 너무 힘들었겠지. 그래서였나. 결국 선택한 것이……. 문득 침대의 네 귀퉁이에 손발을 고정하는 수갑을 만들어야겠다는 생각이 스쳐 지나갔다.

아내가 울기 시작했다.

"도대체 언제까지 이래야 한대?"

이런 순간마다 매번 내뱉는 아내의 푸념이다. TV 옆의 화분에 심어진 아데니움이 우리를 내려다보고 있었다.

아데니움은 화원을 하는 친구가 준 선물이었다. 요즘 관상용으로 수요가 많다며 내민 화분 속 식물은 밑둥치가 무의 윗부분처럼 푸르고 뭉툭했다. 긴 줄기에 곁가지는 없고 끝부분에 잎사

귀 두 개만 고래 꼬리처럼 매달렸다. 동화책 『어린 왕자』에 나오는 바오바브나무를 닮았다. 이런 특이한 모양 때문에 사람들이 많이 찾은 성싶었다.

"물은 한 달에 한두 번쯤 줘. 아주 조금. 몸통에 상처를 내면 안 돼. 거기서 흘러나온 수액에 강한 독성이 들어있으니 주의하고."

친구의 말이 맞았다. 언젠가 줄기에 스치기만 했는데 팔뚝이 오랫동안 쓰라렸다.

딸은 크면서 다리가 바오바브나무처럼 뭉툭해졌다. 다리뿐만 아니라 몸도 살이 찌기 시작했다. 안 되겠다 싶어 운동을 시키려고 했더니 기겁했다. 강제로 끌다시피 산에 갔다 오면 거실에 퍼질러 앉아 통곡했다. 왜 그렇게 엄살을 떠는가 싶어 허벅지를 살펴보니 서로 닿는 부분이 헐어 있었다. 생채기가 심했다. 이런 일이 거듭되자 산에 데리고 갈 수가 없었다. 상처 때문에 저렇게 통곡하는 걸까? 상처 때문만은 아닌 것 같았다.

운동을 하지 않으니 허리둘레도 자연히 늘어났다. 계절이 바뀔 때마다 바지가 작았다. 새 옷을 사면 다시 바꾸는 일이 비일비재했다. 딸의 종아리는 갈수록 더 크고 뭉툭해졌다. 점점 아데니움을 닮아갔다.

딸은 식물에는 전혀 무관심했다. 언제부터인지 베란다의 아데니움에 관심을 보였다. 어떤 날은 우두커니 아데니움만 바라보고 앉아 있었다. 아내와 딸이 하나씩 사 온 아데니움이 차츰 거실 공간까지 차지했다. 무슨 생각이 들었는지 물을 자주 주었다. 너무 많이 주면 썩는다고 해도 듣지 않았다. 다육식물인 아데니움은 한 달에 한 번만 물을 줘도 괜찮았다. 사막에서 터득한 생존 유전자가 개량 아데니움에도 숨어 있었다.

발작은 대부분 주말에 일어났다. 딸이 주간 보호센터에 가지 않은 날이었다. 아내는 딸의 생리 기간과 겹친다고 했다. 나는 딸이 꾀를 부리지 않나 의심했다. 쉬는 날이면 어디든 데리고 가 달라고 미리 선수를 치는 것도 그랬다. 달력을 찢는 것도 그런 내 판단에 힘을 실었다. 딸의 머릿속에는 다음에 어디 놀러 갈까 하는 생각만 꽉 차 보였다. 아직 일주일이나 남은 달력을 미리 찢었다. 날짜를 보며 다음에 놀러 갈 곳을 자기 멋대로 달력에 표시했다. 아내가 확답하지 않으면 화를 내며 소리를 질렀다. 갈수록 곤혹스러웠다. 가게를 하는 우리에게 주말마다 놀러 간다는 것은 매우 힘든 일이다. 한 달에 한 번도 쉽지 않았다. 이것도 나만의 생각일지도 모른다. 도대체 우리 부부는 딸의 생각을 종잡을 수 없었다.

이번 달에는 벌써 두 번이나 발작했다. 한번은 처조카 결혼식장에서 일어났다. 예식 후 식사하기 전에 약간의 조짐이 보였다.

미리 소란을 피하려고 딸을 밖으로 데리고 나가려는데 손을 탁, 뿌리쳤다. 식탁을 잡고 나가지 않으려 소리를 질렀다.

"아니야! 아니야!"

예기치 못한 상황이었다. 삼십여 분의 실랑이 끝에 겨우 차에 태웠다. 운전 중인 차 안에서도 몇 번이나 밖으로 튀어 나가려 했다.

"도대체 왜 그래?"

화를 참을 수 없어 큰소리로 꾸짖었다. 뒷좌석의 딸은 내 어깨를 잡고 심하게 흔들어댔다. 말리는 아내마저 냅다 뿌리쳤다. 다음에 의자 사이로 발을 뻗어 내 옆구리를 걷어찼다. 쇠뭉치처럼 묵직했다. 저런 동작과 거친 힘이 어디서 생기는지 의아했다. 집으로 오는 중에도 몇 번이나 차를 세워야 했다. 마음속에 끓는 불덩이를 식혀야 했다. 도착한 후에도 삼십 분가량 더 난동을 부렸다. 사람들이 다들 쳐다보며 지나갔다. 딸은 정신발달 장애다. 나이가 들수록 정신과 육체의 차이가 벌어지는 것이 확연했다. 나와 아내는 이삼일 몸살을 앓았다. 하지만 며칠 지나면 언제 그런 일이 있었느냐는 듯 묵묵히 생활했다.

딸은 언젠가부터 이해할 수 없는 행동을 시작했다. 아들과 마주칠 때마다 일어났다. 처음에는 귀를 막고 후다닥, 자기 방으로 도망을 쳤다. 갈수록 심해지더니 나중에는 괴성을 지르며 아들에게 달려들었다. 장마 후에 마당에 나타난 개구리를 쪼려고 달려가는 닭처럼 잽쌌다. 아내가 어, 어, 하는 사이에 딸은 어느새 아들을 할퀴고 거세게 밀어버렸다. 일곱 살이나 어린 동생인데도 가차 없었다. 아들은 벌러덩 나자빠졌다. 딸에게 아들은 거슬린 존재에 불과했다.

몇 번 당하던 아들이 차츰 맞서 싸우기 시작했다. 아들이 나이가 들고 클수록 딸이 밀렸다. 이런 생활이 계속되었다. 이제 둘이 같은 공간에서 살 수가 없을 정도가 되었다. 하지만 차일피일 미루고만 있었다.

매일 딸은 쪼그리고 앉아 아데니움을 보았다. 딸의 뒤에 서서 베란다의 아데니움을 둘러보았다. 왠지 대부분의 아데니움이 성장을 멈춘 듯이 보였다. 잎도 시들시들하고 밑둥치에 초록 기운도 사라졌다. 손가락으로 둥근 뿌리를 누르니 쑥, 들어갔다. 속이 푸석푸석했다. 다행히 한 그루는 괜찮았다. 나머지 아데니움을 화분 그대로 전부 옥상으로 옮겼다. 민감한 식물이라 키우기가 힘들 거라는 친구의 말이 떠올랐다. 딸에게 이제 물을 주지 말라고 했다. 또 꺅꺅, 하며 울어댔다.

하루는 무심코 아들의 초등학교 사회책을 들춰보았다. 가족 사항에 써놓은 메모가 눈에 띄었다. 누나 문항에 '필요 없는, 버려야 할 쓰레기'라고 적혀 있었다. 망치로 머리를 한 대 맞은 기분이었다. 더는 미룰 수가 없었다.

아들을 따로 살게 하기로 했다. 집에서 가까운 곳에 방을 구했다. 아들은 싱글벙글 입을 다물지 못했다. 스스로 책상과 방을 청소했다. 집에서는 하지 않았다. 아내는 아들이 혼자 사는 것을 안타까워했다. 다시 같이 살자고 글썽였다. 조금 쉬려고 누워 있으면 어느새 다가와 째려보았다.

"당신 몸뚱이만 편하려고 해? 어린 것이 짠하지도 않아?"

아들에게 갖다주라며 도시락을 들려 보냈다. 아내의 닦달이 갈수록 심해졌다. 생활의 중심이 아들로 바뀌었다. 나와 아내 둘 다 녹초가 되었다. 아들까지 신경 쓰는 것이 생각보다 힘들었다. 죽든 살든 다시 아들을 집으로 데려와야 했다. 두 달 만이었다. 아들은 다시 활기를 잃었다. 혼란 속에서도 아들은 어느새 고등학교 삼 학년이 되었다.

거실에서 뒤엉켜 있는 시간에 아들은 자기 방에 있었다. 수능 시험 준비로 늦은 밤까지 공부할 때였다. 그날은 일요일이라 늦잠을 자고 있었다. 아내가 아들을 불렀다. 아들은 벌써 일어나, 대충 옷을 입고, 가방을 챙기고, 언제쯤 나가야 하나 귀를 기울이고 있었다. 아들의 이름을 들은 딸은 버둥대던 몸을 딱 멈췄다. 숨을 죽이고 긴장하는 표정이 뚜렷했다. 싸워야 할 다른 상대의 이름을 부르자 갈피를 잡지 못한 모양이었다. 방문이 열렸다.

"에이, 씨!"

가방을 둘러맨 아들이 나와 딸의 몸을 뛰어넘었다. 현관으로 빠져나가며 앉은뱅이책상 위에 놓인 화분에 가방이 걸렸다. 아데니움이 기우뚱했다. 딸의 머리 위쪽으로 넘어졌다. 순간, 나는 딸을 누르던 손을 놓고 잽싸게 화분을 받았다. 딸의 얼굴 바로 위에서 아데니움이 흔들거렸다. 다행히 딸은 가만히 있었다. 화분에 심어진 개량종 아데니움은 야생 아데니움처럼 줄기가 굵게 변하고 있었다.

야생의 아데니움을 처음 본 것은 인터넷 위성 지도를 통해서였다. 아데니움의 재배법을 찾다가 서식지를 알게 되었다. 그곳은 아라비아해의 스코트라섬이었다. 우리나라에서 얼마나 떨어졌는지 위성 지도를 통해 그 섬을 찾아가 보았다. 마우스로 그 지점을 확대할수록 마치 직접 하늘에서 낙하하며 보는 것처럼 이미지가 쑥, 솟아올랐다. 야생 아데니움 사진은 삼천 피트 상공의 위성에서 찍었다. 이 섬의 와디딕삼 언덕을 클릭했을 때 아데니움의 군락지가 눈앞에 활짝 펼쳐졌다. 첫인상은 버려진 기형의 나무들이 울부짖는 것처럼 보였다.

아들이 나가버리자 딸은 긴장이 풀렸다. 다시 소리를 지르며 몸을 버둥거렸다. 얼굴에는 눈물이 범벅이었다. 눈물 속의 눈동자가 흐릿했다. 까맣고 초롱초롱하던 어릴 때의 눈동자는 사라진지 오래였다. 몸이 클수록 지능이 떨어지는 느낌이 들었다. 몸은 비대한데 지능은 여전히 여섯 살에 머물렀다. 얼굴은 균형을 잃었고 고르고 하얗던 치아는 뻐드렁니로 변했다. 악을 쓰고 달려들 때마다 눈이 좌우로 가늘게 찢어졌다. 치아마저 위로 들리며 번뜩, 적대감을 드러냈다. 어릴 적 순박한 얼굴이 언제였는지 기억에도 희미했다.

다시 소리를 지르고 몸을 뒤집고 한바탕 바로잡기가 되풀이되었다. 충혈된 두 눈은 여전히 핏발로 가득했다. 치아도 이제 퍼렜다. 움켜잡은 손에서 점점 힘이 빠져 나갔다. 흘러내린 땀으로 눈마저 따가웠다. 땀이 입속으로 스며들었다. 소금 맛이 짠 냄새처럼 느껴졌다. 고개를 숙여 옷에다 얼굴의 땀을 닦았다. 속옷이 완전히 젖었다. 딸의 몸에서도 후덥지근한 쉰내가 코를 찔렀다.

딸의 이상 증세는 갈수록 심해졌다. 딸이 처음 발작을 일으켰을 때다. 발달장애 아이를 둔 어머니들이 정신과 병원을 권했다. 반대로 특수학교 담임선생은 병원의 처방 약을 먹이지 말라 했다. 한번 먹이면 중간에 그만둘 수 없어 차츰 더 많은 양의 약을 먹게 된다. 약을 먹으면 노곤해져 잠을 많이 자게 된다. 당연히 살이 많이 찐다며 장황하게 설명했다. 혼란스러웠다.

그날도 아침부터 한바탕 땀으로 온몸을 적셨다. 딸이 한풀 꺾이자 병원으로 향했다. 더는 미룰 수 없었다. 의사는 자폐에 정신

분열이 겹쳤다. 면역력이 약한 장애인에게 흔한 현상이라고 말했다. 멍한 채 서 있는 우리에게 의사는 합병증이라 생각하면 이해하기 쉬울 거라 했다. 아내는 자폐만으로도 가혹한데 정신 분열까지 있다는 것을 도저히 받아들일 수 없는 표정이었다. 달리 선택할 방법도 없었다. 약을 먹이기로 했지만 마음은 여전히 개운치 않았다.

딸은 약을 먹고 나면 졸음이 오는지 예전보다 더 일찍 잠자리에 들었다. 순해졌지만 생기 없이 시들시들했다. 그렇다고 발작이 전혀 없는 것이 아니었다. 한 달에 한 번은 꼭 발작을 일으켰다. 예전에 일주일에 두 번 정도 소리를 지르던 것에 비하면 양호했다. 하지만 갈수록 한 달에 한 번도 힘에 겨웠다. 마치 처음부터 한 달에 한 번이었던 것처럼 벌써 이런 환경에 적응을 마친 자신이 원망스러웠다.

스코트라섬의 아데니움을 처음 보았을 때 경악 그 자체였다. 자웅동체인 괴상한 생물이 교접하는 중에 갑자기 카메라를 들이대자 당황해하는 표정이었다. 코끼리 발처럼 뭉툭한, 거실 화분 속의 아데니움보다 수십 배는 더 큰 줄기는 나무처럼 딱딱하게 보였다. 기형적으로 거대하게 자란 줄기들이 꽈배기처럼 얽혀 있었다. 줄기마다 고래 꼬리 같은 잎들이 달랑거렸다.

약을 먹인 지 한 달이 지났다. 다시 복용할 약을 타러 갔다. 의

사는 딸이 주기적으로 보이는 행동과 특별한 반응을 물었다. 딸의 행동이 이제는 특이한 것도 없어 그냥 별일 없다고 말했다. 진료기록부를 적던 의사가 내 팔뚝의 상처를 슬쩍 보았다. 나도 모르게 머릿속에 있던 말이 튀어나왔다.

"도대체 언제까지 이렇게 살아야 합니까?"

의사는 아무 표정 없이 다른 환자 얘기를 들려주었다.

아버님처럼 자폐아의 아버지가 한 사람 더 있었다. 그 아들은 스물여덟 살로 덩치가 컸다. 증세가 심하면 화장실 변기를 들고 바닥에 내리쳤다. 집주인에게 늘 미안해했다. 물론 가족은 말할 것도 없었다. 그런데 웬일인지 지난달부터 약을 타러 오지 않았다. 나중에 안 사실인데 그 아버지가 아들의 목을 졸랐다. 그리고 집 앞의 산에 올라 스스로 목을 맸다.

얘기를 하면서 가만히 내 표정을 살폈다. 언젠가 매스컴을 통해 언뜻 들은 기억이 났다. 무심코 흘려들었던 사건인데 바로 우리 건물 옥상에서 보이는 앞산에서 일어났다.

여자인 딸도 이렇게 힘이 센데 하물며 이십 대 후반의 팔팔한 사내아이라면 얼마나 힘이 드셌을까. 그 사내아이의 부모를 보지 않아도 온몸에 상처투성일 것이 뻔했다. 아이의 괴력 앞에 자기 자식을 괴물처럼 두려워했을 그 아버지가 경악했을 모습이 눈에 선했다. 나이 들어 힘이 달리면 그때는 어떻게 할까. 하지만

이 상황에서 나중에 일어날 일은 막연한 미래일 뿐이다. 미리 걱정하는 것은 사치에 지나지 않았다. 먼 훗날이 아니라 지금, 이 순간만이라도 이런 처지에서 벗어났으면 하는 바람뿐이다.

딸과 엉켜있다 보면 가끔 이상한 모양새가 된다. 발버둥을 치다가 딸이 몸만 뒤집히고 나만 그대로 있는 자세다. 꽈배기처럼 뒤엉킨 모양이 소코트라섬의 야생 아데니움을 연상시킨다. 문득, 딸은 그런 섬에 살고 있지는 않을까. 몸과 달리 머릿속은 우리와 완전 다르지 않을까. 척박한 모래섬의 귀양지에 홀로. 아이러니하게도 소코트라섬은 산스크리트어로 낙원의 섬이라 불린다.

소코트라섬은 서남아시아에 속하지만 아프리카 최상단 소말리아에 더 가까웠다. 인터넷 위성 상에 두 거리는 바닷길을 첨벙거리며 건너도 닿을 것처럼 짧다. 어쩌면 20세기 제국주의 시대에 코끼리 대학살을 피해 도망쳐 왔을지도 모른다. 총탄을 피해 우르르 코끼리들이 몰려가는 소리, 죽지 않으려 어쩔 수 없이 바다에 뛰어 들어가는 무리, 무리 속에 함께 휩쓸려가는 딸의 파랗게 질린 얼굴, 넘실거리는 파도, 파도, 파도……. 가까스로 바다를 건너 이 섬의 와디딕삼 언덕배기에 닿았다. 고립된 섬에서 두려움을 이기려 서로 다닥다닥 군락을 이뤘다. 코끼리 화석처럼 바다를 향해 돌아앉은 아데니움의 뒷모습이 쓸쓸했다.

자폐라는 사실을 안 것은 딸이 세 살 때였다. 그때는 이러다 좋아지겠지 하며 막연하게 생각했다. 점점 증세가 심해졌다. 결론은 정상인처럼 생활하는 것이 불가능하다는 사실이었다. 가능성이 없는데도 계속 좋아지겠지 하며 막연히 기대했다. 점차 그런 기대가 잘못된 것이라는 것을 알자 그들의 평균 수명이 궁금해졌다. 딸이 열다섯 살 때 궁금증이 풀렸다.

딸이 다니는 특수학교에서 강사를 초빙했다. 자폐에 전문 지식이 있는 강사였다. 참석한 부모들의 대부분은 어머니들이고 나 혼자 남자였다. 학부모들이 질문하고 강사가 대답하는 식으로 진행되었다. 시작하자마자 평균 수명에 대한 질문이 나왔다.

"도대체 이런 애들은 몇 살까지 살아요?"

모두 강사의 입만 뚫어지게 쳐다보았다. 지금까지 차마 입 밖에 내놓고 물어볼 수도 없는 질문이었다. 강사는 잠깐 뜸을 들이며 호흡을 가다듬었다.

"평균수명이 마흔 살 정도 됩니다."

말이 떨어지기가 무섭게 어머니들이 일어나 손뼉을 쳤다. 다들 까짓것 그 정도면 해볼 만하다는 표정이었다. 나도 안도의 한숨을 내쉬었다. 자폐아들의 나이가 사십이 되면 부모들은 얼추 일흔 중반 정도가 될 터였다. 하지만 그때 간과한 사실이 있었다. 요즘 발달장애 아이들의 수명은 일반인과 별 차이가 없어졌다. 그때와 비교해 복지 혜택이 월등히 좋아졌다.

가끔 시간이 날 때마다 인터넷 위성 지도를 클릭했다. 둥근 지구 위를 솟구쳐 날아올랐다. 지구의를 오른쪽으로 살살 돌렸다. 눈 아래 검푸른 인도양이 펼쳐졌다. 그 위를 나르면 왠지 꿈속처럼 아찔했다. 등 뒤에서 부는 바람을 타고 날다가 다시 오른쪽으로 몸을 틀었다. 아프리카와 인도 사이에 있는 아라비아해로 접어들었다. 점점 소코트라섬이 다가왔다. 그 섬에 있는 와디딕삼에 하강했다. 삭막한 사막의 언덕배기에 아데니움이 무리 지어서 있었다. 여름이어서인지 빨간 꽃들이 활짝 피어있었다. '코끼리 발'이란 별명은 아데니움의 줄기 때문에 생긴 것이라면 '사막의 장미'라는 별명은 만발한 꽃 때문에 생긴 것임을 한눈에 알 수 있었다.

딸의 행동을 보니 아무래도 발작이 오래갈 것 같았다. 아내에게 미리 약을 먹이자고 했다. 아내가 약을 꺼내려 딸의 얼굴에서 손을 뗐다. 딸은 그 순간을 놓치지 않고 꽥하고 악을 썼다. 재빨리 입술과 혀를 움직여 수건을 밀어냈다. 아내가 놀라서 허둥댔다. 봉투에 든 약을 꺼내다가 바닥에 떨어뜨렸다. 허겁지겁 주워서 딸의 입에 털어 넣었다. 딸은 움켜잡고 있는 내 손을 물려다 아내가 주는 약을 날름 받아먹었다. 그 순간에도 참 신기하다는 생각이 퍼뜩 스쳤다. 옆집 할아버지가 자기 현관문을 신경질적으로 쿵, 하고 닫았다. 소리에 놀란 딸이 잠시 동작을 멈췄다. 이제 삼십 분쯤 지나면 눈에 띌 정도로 부드러워질 것이다.

딸이 조금 안정되자 아내가 눈물을 글썽였다.

"이제 내가 달래 볼 테니 밖으로 나가면 어떨까?"

아내가 이럴 때마다 늘 했던 말이다. 웬일인지 딸은 나한테 훨씬 과격했다. 나도 당장 이 순간을 벗어나고 싶었다. 이제 힘마저 달렸다. 속옷만 입고 있는 내 몸꼴을 내려다보았다. 딸의 손을 놓으면 옷을 입기도 전에 바로 달려들 것이 뻔했다. 난감한 사실을 눈치 챈 아내가 신발과 옷을 현관 밖으로 내놓으려고 일어섰다. 입을 막았던 수건이 느슨해졌다. 다시 꽥, 돼지 멱따는 소리를 질렀다. 긴장한 아내가 허둥대다가 바닥에 열쇠와 스마트폰을 흘렸다. 다시 주워 넣고 부랴부랴 옷가지와 신발을 현관 밖에다 가져다 놓았다.

이제는 딸을 현관에서 멀리 떼어놓을 차례였다. 자기 방으로 끌고 갔다. 침대에 눕히려 하자 다시 발길질해댔다. 눕히고 재빠르게 방문을 닫았다. 방 안에서 딸이 손잡이를 돌리며 문을 걸어 찼다. 잠시 후 거실을 빠져나왔다. 현관문에 기대어 거친 숨을 내쉬었다. 그 사이에 거실로 뛰어나온 딸이 소리를 질렀다. 몇 번 더 소리를 지르다 말았다. 다행히 거실에서만 악을 쓸 뿐 현관 밖으로는 나오지 않았다. 딸은 어떤 금지된 선이나 계속해온 습관에서 벗어나려고 하지는 않았다. 오늘따라 새삼 고마웠다.

가끔 거실에서 딸과 우당탕거릴 때 밖에서는 얼마나 크게 소리가 들릴까 궁금했다. 이 정도면 이웃에 크게 피해를 주지는 않을 것 같았다. 다시 내 몸꼴을 보았다. 이런 차림으로 이웃 노인들과 마주치면 곤란했다. 거실 동정에 귀를 기울였다. 혹시나 딸이 나에 대한 화풀이로 아내를 걷어차면 어쩌나. 뭉툭한 다리가 신경이 쓰였다. 아무 소리도 나지 않았다. 자신을 스스로 안심시키는 수밖에 별도리가 없었다. 재빨리 옷가지를 들고 옥상 계단으로 뛰어올랐다. 아내의 하소연이 머릿속에서 자갈처럼 굴러다닌다.

"도대체 그 언제가 오기는 올까?"

아침인데도 옥상의 햇볕은 뜨겁다. 멍하니 앞산을 바라본다. 딸이 화를 내고 고함을 지르는 이유를 아무리 생각해도 알 수가 없다. 자기 엄마와 오붓한 시간을 보내는 데 방해해서일까. 미처 우리가 모르는 딸만의 세계가 존재하는 걸까. 아니면 자신을 싫어한다는 것을 본능적으로 알아채고 저항을 하는 걸까. 다정하게 대하면 오히려 역효과를 일으키는 경우는 왜 그러는 걸까. 아, 그때 그 말에 딸이 화를 냈구나 하고 한참이 지난 후에야 이해만 할 뿐이었다. 이것도 추측만 할 뿐이지 어떤 해답도 없었다.

옥상 가장자리에 놓인 상자에 고추가 죽 심겨 있다. 그 주위에는 베란다에서 치운 아데니움 화분들이 놓여 있다. 그중 한 그루의 아데니움이 살아 있다. 아주 작고 빨간 꽃이 눈에 띈다. 고개를 숙여 그 꽃을 가만히 들여다본다.

"꺄악, 꺅!"

갑자기 건물 안쪽에서 고함이 들려온다. 계단을 내려와 거실에 귀를 기울인다. 아직도 울음이 가늘게 들린다. 방금 꺅꺅거린 그 소리는 아니다. 안도의 한숨이 나온다. 더 이상 소란은 없을 성싶다. 혹시 생기더라도 대항할 힘도 없다. 가게에 나가 조금 쉬고 싶다. 엘리베이터 버튼을 누르려다 순간, 멈춘다. 도착 벨 소리를 듣고 딸이 뛰쳐나올지도 모른다. 아래층으로 내려와 엘리베이터를 탄다. 엘리베이터 안 거울에 비친 부스스한 머리가 마음에 걸린다.

가게 문을 열려고 호주머니를 뒤진다. 열쇠가 없다. 분명히 아까 바닥에 흘렸던 것을 아내가 주워서 내 호주머니에 넣은 것을 보았다. 옥상 어딘가에서 흘린 모양이다. 계산대에 엎드려 눈 좀 붙이려 했는데 난감하다. 편편한 곳에 눕고 싶은 마음뿐이다. 옥상 평상 옆의 고추 그늘에서 좀 누웠다 올 것을 그랬나 싶다. 목욕탕이 떠오른다. 증기를 쐴 생각을 하니 기운이 쫙 빠진다. 다시 집으로 돌아갈 수도 없다. 지금 당장 누울 수만 있다면 진흙투성이 바닥이라도 괜찮다.

음료수라도 사 마시려고 뒷주머니에 손을 넣는다. 볼록한 무엇인가 걸린다. 열쇠다. 아내가 서두르다가 지갑과 함께 뒷주머니에 넣은 모양이다. 가게 안으로 들어와 불도 켜지 않고 어둠 속에 앉는다. 그제야 아들 생각이 떠오른다. 전화를 건다. 독서실에 있다. 아침밥이나 먹자고 한다. 자기는 괜찮다며 누나의 상태를 묻는다. 괜찮다고 말한다. 둘 다 잠깐 아무 말이 없다. 전화를 끊는다. 언제나 그렇지만 아들을 챙기는 것은 늘 딸 다음이다.

멍한 상태에서 가게를 본다. 아내가 걱정되지만 집 쪽으로 마음을 쓰기 싫다. 아내는 딸이 괜찮아지면 집에서 쉬거나 집안일을 할 것이다. 몸 상태가 좋으면 저녁 식사 때 교대 정도는 해 줄 터이다. 아내는 저녁이 되어도 얼굴을 비추지 않는다. 힘이 없다. 뭔가 먹어야 한다. 가게 앞 마트에서 캔 맥주를 사 온다. 맥주를 한 모금 마시자 몸의 움직임이 한결 편하다. 몸이 느슨해지자 괜히 눈물이 나려 한다. 다시 맥주를 한 캔 더 사 온다. 마트 여주인이 무슨 일이냐며 걱정스러운 눈빛으로 쳐다본다. 아무 일도 아니라고 손사래를 친다. 단숨에 한 캔을 다 마신다. 빈속에 술이 들어가니 정신이 아득하다.

밤 열 시다. 가게 문을 닫고 집 문 앞에 도착한다. 얼른 들어가 눕고 싶다. 들어가기가 망설여진다. 딸이 자지 않고 기다리다가 달려들까 두렵다. 생각만 해도 저절로 몸이 부르르 떨린다. 서성거리다가 걸음을 돌려 옥상으로 향한다. 옥상 문을 여니 희미하지만 바람이 불며 여름 밤하늘이 눈에 들어온다.

하늘에는 보름달이 떠 있고 기온은 낮보다 한결 시원하다. 달빛 아래 앞산은 여전히 그 자리에 돌아앉아 있다. 난간에 기대어 아래 거리를 내려다본다. 피곤 때문인지 술기운 때문인지 두려움을 느낄 수 없다. 한순간 뇌 기능이 정지되어 버린 것일까. 몸이 기력을 다하면 뇌도 따라서 작동을 멈추는 것일까. 앞산에서 목을 맸던 사내도 이런 상태였을까. 갑자기 몸이 휘청거린다. 얼른 난간을 잡는다. 나도 모르게 안도의 한숨이 나온다.

옥상 가장자리에는 상자에 심은 고추와 상추가 죽 늘어서 있다. 고추는 키가 허리까지 자라 무성하다. 달빛 아래 조그마한 그늘이 보인다. 그 옆에 평상이 놓여 있다. 두 손으로 깍지를 켠 채 드러눕는다. 보름달에서 쏟아지는 빛이 너무 환하다. 달 속 검은 그림자는 짙고 선명하다. 계수나무, 토끼, 떡방아, 절구통이란 낱말을 읊조린다. 달 속의 음영이 시간이 지날수록 여러 형상으로 바뀐다. 갑자기 눈앞이 부옇게 흐려진다. 잠깐 눈을 깜박인 후 다시 달을 쳐다본다. 어느새 그림자는 사람의 모습으로 변했다. 달 속에 고개 꺾인 사내의 그림자가 계수나무 아래 축 늘어진다.

밤기운이 시원하니 나도 모르게 잠깐 잠이 든다. 꿈을 꾼다. 머리맡의 고추가 야생의 아데니움으로 변한다. 갑자기 아데니움의 밑둥치가 부풀어 오르고 줄기가 우람하게 자란다. 줄기가 서로 얽히고설키며 굵은 코끼리 발로 변한다. 옥상은 아데니움의 줄기로 꽉 들어찬다.

아데니움은 바오바브나무와 똑같다. 큰 줄기 끝에 잎이 몇 조각 달려있다. 무리 진 아데니움이 꽃봉오리를 머금기 시작한다. 꽃은 트럼펫처럼 크고 길쭉하게 쑥쑥 피어난다. 어느새 하늘을 향해 꽃잎을 하나하나 벌리며 활짝 모습을 드러낸다.

머리맡 바로 위의 아데니움꽃이 고개를 숙이고 나를 내려다본다. 꽃술에서 풍기는 향기가 진하다. 꽃가루가 얼굴에 떨어진다. 주위 다른 꽃들도 내 얼굴 쪽으로 고개를 돌린다. 아데니움꽃들이 죽 목을 빼 하늘을 향한다. 트럼펫처럼 일제히 빽, 소리를 지른다. 깜짝 놀라 벌떡 일어난다. 재빨리 주위를 둘러본다. 하늘에는 여전히 보름달이 환하다.

직박구리가 사는 은행나무

직박구리가 사는 은행나무

한곳을 오래 보고 있으면 보이지 않던 것들이 보이기 시작했다. 날마다 창밖으로 학원 골목길을 내려다보았다. 도시의 나무들과 작은 숲들을 직박구리들이 점령한 지 이미 오래였다. 직박구리가 언제부터 지상 윗부분을 점령했는지 사람들은 몰랐다. 한 가지 분명한 것은 사람들은 직박구리에 전혀 관심이 없었다. 도시 사람들이 가정과 직장 그리고 정치에 매몰돼 있을 때 나무와 숲은 직박구리라는 새 한 종으로 인해 그 풍경이 완전히 바뀌어버렸다. 사람들은 별 의미 없는 일이라 생각할지 모르지만 자연에서는 대단한 변화라 할 수 있었다. 직박구리가 언제부터 텃새가 되었는지 궁금한 사람도 없었다.

새벽부터 창밖이 소란스러웠다. 잠을 잘 수가 없었다. 소란의

진원지는 학원 앞 은행나무 아래였다. 종이박스가 가득한 손수레 밑에 새 떼들이 모여 있었다. 이 도시에 사는 모든 까치와 비둘기 떼가 전부 몰려왔나 의심이 들 정도였다.

"아빠, 뭐야? 웬 새들이 저렇게 많아?"

거실로 나와 보니 아들이 잠이 덜 깬 채로 짜증스러운 표정을 짓고 있었다.

이삼일이 지나도 소란은 멈추지 않았다. 처음에는 새들이 먹이를 쪼느라 그런 줄로 생각했다. 며칠 살펴보니 유독 까치들이 시끄럽게 굴었다. 까치 한 마리가 전깃줄에 날아올라 은행나무를 향해 사납게 울었다. 잠시 후, 은행나무 속에서 직박구리 한 마리가 툭, 튀어나왔다. 직박구리는 삐익 삐익, 울며 어쩔 줄 몰라 했다. 까치가 텃세를 부리는 모양이었다. 날이 갈수록 까치의 울부짖음이 심해졌다.

아침 식사를 마치고 부랴부랴 서점 문을 열었다. 먼저 출판사에 전화를 걸었다. 담당자의 대답은 한결같았다.

"최근에 개업한 서점과는 바로 거래하지 않습니다."

며칠째 같은 말만 반복했다. 현금 결제도 소용없었다.

법학 수험서의 수요는 한정되어 있었다. 시험을 준비하는 수험생들과 대학에서 법을 공부하는 법대생들이 대부분이었다. 기존 판매만으로도 책을 소비하는 데 별 지장이 없었다. 최근에 개업한 서점은 출판사에 단지 불안 요소의 하나였다. 언제 문을 닫을지도 모르지만 그 서점이 있으나 없으나 출판사의 수입과는 상관없었다. 게다가 저명 교수의 책은 출판 즉시 완판이 되었다. 거의 정해진 수요에 맞춰서 공급만 하면 되었다. 이런 시스템하에서 서점은 아무런 권한이 없었다. 그냥 공급한 책을 판매만 하면 되었다. 결국 출판사는 기존서점과 거래만 유지해도 아무 탈이 없었다. 학원가의 서점은 법학 출판사에서 나오는 수험서의 비중이 상당했다. 법학 수험서가 없으면 살아남기가 어려웠다. 서점을 개업한 나는 다급했다. 게다가 기존서점들이 출판사에 신생 서점을 험담하는 경우도 많았다. 개업한 지 일주일이 지났는데도 서점 책장은 썰렁했다.

　아침마다 은행나무 아래에서 소란은 끊이지 않았다. 서점을 오가며 나무 아래를 지날 때면 자연히 위를 올려다보았다. 초록이 무성한 나무 속의 어디엔가 직박구리가 둥지를 틀고 있지 않을까 궁금했다. 점심 식사 후 걷는 시간은 조금 여유로웠다. 나무 아래를 지날 때면 좀 더 오래 나무속을 살피곤 했다. 아침에 비해 새들은 거의 보이지 않았다. 가끔 나무 아래 담장을 따라 늙은 고양이가 엉덩이를 씰룩이며 지나갔다. 늙은 고양이는 왠지 추리닝을 입고 슬리퍼를 끌며 지나는 고시생을 닮았다. 학원 앞에 수험생들이 모여 커피를 마시며 북적였다. 나무 위를 쳐다보는데 커피를 마시던 수험생 한 명이 인사를 했다. 후배 현호였다.

현호는 사법시험을 공부하다가 로스쿨법이 통과된 후부터 법무사 시험을 준비하고 있었다. 고시촌 수험생들은 로스쿨법이 통과된 후 로스쿨로 간 사람과 고시촌에 남아 공부하는 사람들로 나뉘었다. 일부는 법무사 시험으로 한 단계 낮춰서 도전했다. 윤 변호사와 현호 그리고 나는 함께 시험공부를 하던 시절이 있었다. 경제력이 없는 현호는 고시촌에 남았다. 윤 변호사는 로스쿨법이 시행되기 전에 가까스로 사법시험에 합격했다. 이제 변호사 개업을 한 지 꽤 되었다. 현호를 만날 때마다 윤 변호사의 근황을 들을 수 있었다. 윤 변호사는 아직 자리를 잡지 못했고 여전히 전셋집을 전전하고 있었다.

밑에서 올려다본 은행나무는 사방으로 가지를 뻗고 있었다. 나무의 원줄기가 죽 세워지고, 다시 원줄기에 가지가 빙 둘러 뻗었다. 또 가지마다 잔가지가 뻗으며 잎이 빽빽하게 들어찼다. 이렇게 여러 층이 모여 한 그루 나무를 형성했다. 이 은행나무 수령은 나무 몸통이나 크기를 볼 때 이십 년은 넘게 보였다. 나뭇가지와 잎은 직박구리가 둥지를 틀 수 있을 정도로 무성했다. 은행나무의 잎과 가지가 처음 봤을 때보다 훨씬 촘촘했다. 새의 둥지를 쉽게 찾을 수 없었다. 며칠을 살폈지만 마찬가지였다.

늦은 점심을 먹으러 집으로 가는 길이었다. 잠시 나무 아래에 멈췄다. 학원 강의를 시작할 시간이었다. 주위가 조용했다. 나무에서 가느다랗게 새 우는 소리가 들렸다.

"삐삣! 삐삣!"

벌써 알을 깠나. 아니면 알을 품은 어미가 수컷에게 먹이를 달라는 신호인가. 혹시 다른 곳에서 들리는 소음일지 몰라 신중히 귀를 기울였다. 은행나무 속에서 나는 소리가 틀림없었다. 직박구리 한 마리가 계속 전깃줄에서 나무속으로 들락날락했다. 그때마다 울음소리가 들렸다.

아무래도 둥지는 나무 맨 위쪽의 우듬지 아래에 있을 가능성이 컸다. 사람들의 손이 닿지 않고 눈에 잘 띄지 않는 나무의 가장 깊은 곳이었다. 햇빛이 비치면 다른 데보다 초록의 그림자가 더 짙었다. 갑자기 바람이 불었다. 가지가 살랑살랑 흔들리더니 그 사이로 빈 밥공기만 한 둥지가 살짝 모습을 드러냈다.

허를 찔린 기분이었다. 사람의 왕래가 빈번한 골목길에 새가 둥지를 틀 거라고는 생각지도 못했다. 맨 처음 새 둥지를 발견한 사실이 유년 시절처럼 마음이 설렜다. 어쩌면 출판사와의 관계가 잘 풀릴 것 같았다. 비밀은 혼자 간직하기가 힘들었다. 마침 엘리베이터 앞에서 수업을 마치고 온 아들을 만났다.

"아들! 드디어 이 아버지가 직박구리 둥지를 찾았다. 이따 아들한테만 살짝 보여 줄게?"

이런 것으로나마 아빠의 체면을 세우고 싶었다. 은근히 공룡이 실제로 있느냐고 호기심을 보이던 때의 아들 눈망울을 기대했다.

"근데? 난 관심 없으니 아버지나 좋아하셔."

녀석은 집에 도착하자마자 가방을 던져놓고 학원에 간다며 다시 후다닥 현관 밖으로 뛰어나갔다.

나는 어쩔 수 없이 날마다 출판사를 찾아가 법학 수험서를 몇 권씩 사와야 했다. 직접 찾아가도 많은 양을 주지 않았다. 공급량은 언제나 출판사가 결정했다. 그것만으로도 다행이었다. 기존 서점들이 불만을 터뜨려 신생 서점에 줄 수 없다고 하면 그것 또한 낭패였다. 오전에는 출판사에 책을 사러 가야 하는 일에 시간을 다 허비하고, 아들 녀석의 시험공부 도와주느라 정신없는 가운데 또 한 주가 훌쩍 지나갔다.

시간에 쫓기다 보면 인간관계가 소원해졌다. 다른 부분은 더 말할 것도 없었다. 자연스럽게 새벽마다 새들이 시끄럽게 울었다는 사실도 잊었다. 늙은 고양이가 뒤뚱뒤뚱 골목길을 걸어가도, 비둘기들이 먹이를 한 톨이라도 허투루 흘리지 않으려 눈을 번득이며 종종걸음으로 다녀도, 그저 그런 도시풍경의 하나로만 여겼다. 어느 날, 은행나무 밑 손수레에 빗방울이 떨어지며 장마가 시작되었다.

하루 내내 장대비가 쏟아졌다. 이틀째는 창문 틈으로 비가 조금씩 스며들더니 벽지에 자국이 생겼다. 차츰 습기로 온 집안이 꿉꿉했다. 삼 일째 장맛비가 쏟아졌다. 밤 내내 직박구리가 울었다. 잠을 설쳤다. 아침이었다. 밖에서는 아직 직박구리가 울고 있었다. 가늘게 계속 울었다. 창밖을 내다봤다. 전깃줄 위에 직박구리 한 마리가 울고 있었다. 몸을 앞뒤로 움직이며 중심을 잡으려 기우뚱거렸다. 날개가 젖어 후줄근했다. 밤새 내린 폭우에 빗물이 뼛속까지 스며든 모양이었다. 평소보다 늦게 아침 식사를 마치고 서점으로 나갔다. 서점의 하루는 변함이 없었다.

현호가 서점에 들렀다. 그가 사려는 수험서가 두 권이 부족했다. 민망했다. 그는 텅 빈 서점을 둘러보며 겸연쩍은 표정이었다. 일부러 팔아주려는 그에게 미안했다. 현호는 서점을 나가려다 다시 돌아섰다.

"며칠 전에 윤 변호사님 만났어요. 아르바이트할 것 좀 있나 알아보러 갔거든요."

나는 서점 정리를 멈추지 않은 채 계속 이야기를 들었다.

"시험 발표 전에 할 일거리를 받아 왔어요. 그런데 일거리가 조금 어려워서 형님 도움이 필요해요."

내 도움이? 무슨 말인가 싶어 고개를 들었다.

"호적등본에 쓰인 한자를 우리말로 바꾸는 것인데 한자가 너무 어려워요."

한자 얘기를 하면서 현호는 슬그머니 웃었다. 나도 덩달아 웃었다. 요즘 젊은 수험생들은 한자에 약했다. 법학 서적에 한자가 태반인데도 한자를 모르면서 시험공부를 할 수 있는지 의아했다. 얘기를 들어보니 호적등본에 약자로 쓰인 이름이 많아 무슨 말인지 알 수가 없다는 거였다. 현호는 머리를 긁적거렸다.

그날 밤에도 계속해서 비가 내렸다. 자리에 누워 가만히 천장을 보았다. 출판사는 여전히 변한 것이 없었다. 텅 빈 서점 책장이 떠올랐다. 몸을 뒤척였다. 갑자기 관악산 쪽에서 천둥이 울리더니 잇따라 번개가 번쩍거렸다. 기다린 듯이 장대비가 한 무더기 쏟아졌다. 마지막 총공세를 펼치는 적군의 함성 같았다. 함성 사이로 직박구리 우는 소리가 짧고 날카로웠다. 연이어 날개를 퍼덕이는 소리, 나뭇가지가 찢어지는 소리, 거센 비가 한 차례 쏟아지더니 다시 잠잠했다. 흐리멍덩한 머릿속에 상상의 날개가 신호탄처럼 길게 꼬리를 늘어뜨리며 관악산 쪽으로 날아올랐다.

어쩌면 늙은 고양이가 일을 저질렀을 성싶었다. 평소 기회를 노리다가 오늘 밤에 나무를 타고 둥지를 습격했을지도 몰랐다. 아니면 이 도시의 어둡고 침침한 곳에서 생존능력을 터득한 이무기가 연례행사처럼 포식하려고 나와 직박구리의 목덜미를 물었는지도. 이무기가 길게 우는 소리가 새 울부짖음과 섞여 들렸다.

이런저런 생각에 정신이 가물가물해지며 스르륵 잠이 들었다.

아침이 되자 어김없이 새들이 시끄럽게 지저귀었다. 창밖에는 밝은 햇살이 빛났다. 폭우가 언제 있었느냐는 듯 은행나무는 하늘을 향해 짙푸른 잎을 반짝였다. 아침을 먹고 아들과 은행나무 아래를 지났다. 전깃줄 위에 직박구리 한 마리가 몸을 부르르 떨며 깃털을 말리고 있었다. 머리와 목덜미 부분의 털이 부스스했다. 꼭 물에 빠진 생쥐 같았다. 직박구리는 몸을 움직이며 둥지에 있는 암컷과 짧은 신호를 계속해서 주고받았다. 까치와 비둘기들도 손수레 아래서 먹이를 쪼았다. 은행나무 아래를 지나치는데 무엇인가 툭, 하고 떨어졌다. 비바람에 꺾인 나뭇가지겠지 하며 무심코 지났다. 갑자기 뒤에서 까치들이 깍깍, 울부짖었다. 무슨 일인가 뒤돌아보았다. 까치와 비둘기들이 떨어진 물체를 향해 쏜살같이 달려가 쪼기 시작했다. 아들과 함께 무슨 일인가 싶어 가까이 달려갔다. 새끼 직박구리였다. 막 낳은 생쥐처럼 털이 없었다. 새들이 쪼아대자 순식간에 흔적도 없이 사라져버렸다. 나무 위를 올려보니 둥지가 놓인 가지가 찢어졌다. 지난밤 폭우에 가지가 부러지며 둥지를 덮치자 그 바람에 어린 새끼가 튕겨 나온 모양이었다.

새벽마다 밖이 소란스러울 때 그저 직박구리가 알을 품고 있을 것으로 짐작했다. 그런데 이미 부화를 마친 상태였다. 까치가 호들갑을 떤 것도 새로운 생명이 태어났기 때문이었다. 이 모습을 본 아들 녀석이 꽤 큰 충격을 받은 모양이었다. 얼굴이 하얗게 변했다. 며칠 전에도 비슷한 광경을 봤는데 그때도 지금과 비슷하게 나무에서 연분홍색 알이 떨어지자마자 순식간에 비둘기들이 쪼아 먹어버렸다고 울먹였다. 직박구리알이 틀림없다며 나를 쳐다보았다. 아들의 눈에 눈물이 어렸다.

서점 일은 손님이 많지도 않은데 여기저기 손이 많이 갔다.

"필승!"

윤 변호사였다.

"어떤가? 개업 소식 들었는데 바빠서 이제야 와 보네."

며칠 전에 법무사 시험 합격자 발표가 있었다. 윤 변호사는 고배를 마신 현호에게 술 한 잔 사려는 것이었다. 조만간 들를 것으로 생각했는데 생각보다 빨랐다. 예전에는 사법시험이 고시촌의 가장 큰 행사였다. 그때는 사법시험이 끝나면 합격한 선배들이 후배들을 만나러 고시촌에 우르르 몰려왔다. 지금은 사법시험이 사라져 그런 북적거림이 사라졌다.

"어허, 그런데 왜 책장이 이렇게 텅 비어 있어. 썰렁하네?"

책이 진열된 책장 쪽은 그런대로 구색이 갖춰있었다. 그런데 강의 테이프가 놓인 책장 쪽이 텅 비어 있었다. 학원 근처의 서점에는 학원 강의용 수험서만 있는 것이 아니었다. 수험서는 물론이고 강의 테이프와 서브 노트가 한 세트로 갖춰져야 했다. 어쩌면 서점 입장에서는 강의 수험서보다는 강의 테이프와 서브 노트가 주 수입원이었다. 서브 노트는 강사가 수업 중에 칠판에 적은 것을 수강생이 필기한 것이었다. 학원 강의를 듣지 않고 테이프로 공부하려는 수험생은 서브 노트가 꼭 필요했다. 서브 노트가 없으면 갑갑했다. 강사가 칠판에 쓴 글을 서브 노트가 대신했다. 강의 테이프, 수강교재 그리고 서브 노트는 테이프로 공부하는 수험생에게 필수였다.

며칠 전에 강의 테이프를 제조하는 업체에서 테이프를 공급해줄 수 없다고 했다. 기존 서점들이 입김을 넣었다는 것이 불을 보듯 뻔했다. 제조업체에서는 결제 단위가 큰 기존 서점들의 눈치를 살필 수밖에 없었다. 평상시에 스스럼없이 형님·동생 하던 서점 주인들도 이제는 길 가다 마주쳐도 모른 척했다. 윤 변호사는 전에 자기 친구도 서점을 했는데 기존 서점들의 텃세 때문에 몇 달 못가 문을 닫았다며 혀를 찼다.

"우리 같은 촌놈은 시험에 합격해도 서울에 자리 잡기가 너무 힘들어."

마침 현호가 왔다. 서점 문을 닫고 셋은 예전처럼 실비집으로 향했다.

거실에서 바라보는 은행나무는 여전히 무성했다. 푸른 나뭇잎 사이로 다다귀다다귀 붙은 은행 열매가 하나둘 모습을 드러냈다. 가을이 올 무렵에 직박구리는 세 마리의 새끼를 키워냈다. 이제 어린 새들도 막 둥지를 벗어나 나뭇잎 사이로 고개를 내밀며 호기심을 드러냈다. 날개를 퍼덕이며 가지를 타고 오르락내리락했다. 떨어질 듯 뒤뚱거리며 날개 힘을 길렀다. 새끼 직박구리의 앙증스러운 모습에 아들 녀석도 덩달아 신이 났다.

"아빠! 저 직박구리는 우리 새지 응? 우리가 먼저 발견했으니 우리 것이잖아?"

새에 대해 별 시답잖게 여기던 아들이 관심을 보였다.

차츰 새끼들은 담장을 따라 서 있는 작은 나무를 징검다리 삼아 날아다니기 시작했다. 어린 날개깃을 흔들며 가지 사이로 팔짝팔짝 뛰어다녔다. 노란 테가 있는 주둥이로 어미 새의 먹이를 받아먹는 모습도 눈에 띄었다. 아직 노란 솜털이 듬성듬성 남았다. 지나가는 사람들이 쳐다보아도 겁을 내지 않았다. 삑삑, 어미 새를 부르며 막무가내 먹이를 재촉했다. 덥석덥석 먹이를 받아먹는 새끼들의 모습이 지난 추석에 시골을 찾았을 때의 아들 모습과 판박이였다.

고향에서 추석을 쇠려고 새벽에 일찍 출발했다. 고속도로에서 지체되는 것을 피하려는 것이었다. 도로에는 고향을 찾는 차량의 물결이 은어 떼처럼 반짝거렸다. 일찍 출발해도 도착한 것은 늘

저녁 시간이 다 되어서였다. 우리를 반기는 고향의 첫 풍경은 영당 앞 두 그루 은행나무였다. 백 년이 넘은 은행나무가 영당 앞에 우뚝 서 있었다. 은행나무 뒤쪽으로 시퍼런 대나무밭이었다. 마을을 둘러싸고 있는 대밭은 겨우내 방풍림 역할을 했다. 넓은 대밭 위에서 새들이 군무를 펼치고 있었다. 환영 인사처럼 늘 반가웠다.

우리 고향은 추석날에도 마늘을 심었다. 노인들만 사는 마을이라 추석에야 겨우 일손이 생겼다. 마치 자식들이 오기를 기다렸다는 듯이 마늘을 심을 시기와 추석이 겹쳤다. 추석 전날 밤에 마늘을 쪼개 놓았다가 다음 날 아침부터 마늘을 심기 시작했다. 추석날인데도 마을 뒤 들판에는 마늘 심는 사람들로 가득했다. 결혼 후 첫 추석을 맞은 신부들은 상당히 낯설어했다. 우리 집 며느리들도 예외는 아니었다.

"이 지역 남자들과 결혼하지 말라고 인터넷에 올려야 해."

형수와 아내가 한쪽에서 소곤거렸다. 형과 나는 매년 그렇듯이 아무 말 없이 마늘을 심었다. 어차피 우리가 심어주지 않으면 나이 든 부모의 몫이었다.

황토색 밭에 한 줄로 줄줄이 앉아 마늘을 심었다. 한 사람이 곡괭이로 골을 파면 나머지 사람들이 그 골에 마늘씨를 놓았다. 마늘 뿌리 부분을 땅속으로 향하게 놓고 흙으로 덮었다. 그렇게 한 발짝 한 발짝 앞으로 나갔다. 한 사람이 자기 앞 골에 이십 쪽 정도의 마늘을 심고 흙으로 덮었다. 엄청 느리고 지겨운 일이었다. 한참 심었다고 생각하고 뒤를 돌아보았다. 마늘씨를 심은 자리는 평평하지만 넓이가 좁았다. 다시 앞을 보면 아직도 아득했다.

마늘을 다 심으면 유자밭에 거름 포대를 날랐다. 시골에 자주 내려오기 힘드니 한번 내려온 김에 힘든 일들을 모두 해치워야 했다. 어떻게 하든 추석 연휴 기간에 노부모의 힘든 일을 덜어드려야 했다. 닭똥이 담긴 거름 포대를 유자나무 아래에 놓아두었다. 봄이 오기 직전에 늙은 어머니가 거름 포대를 풀어 유자나무 밑둥치에 뿌릴 것이었다. 유자나무는 나이가 삼사십 년이 넘어 요즘은 작황도 좋지 않았다. 밑둥치를 보면 굵은 뿌리들이 흙 위로 불거져 나왔다. 푸른 이끼가 낀 듯한 유자나무 뿌리는 마치 나이 든 부모의 발톱처럼 황량했다. 마늘심기와 거름 나르기를 마치고 난 밤에는 어머니가 늘 한마디 했다.

"아따, 이제 한시름 놓았다!"

서울로 올라오는 날은 아침부터 아들 녀석의 몸동작이 빨라졌다. 제 사촌들과 조금이라도 더 놀려고 바빴다. 이리저리 오가며 장난을 치느라 정신이 없었다. 늙은 어머니는 조금이라도 더 많은 것을 차에 실으려 손놀림이 부지런했다. 풋고추, 고구마 순,

가지, 마늘 그리고 마지막으로 늙은 호박을 한 개씩 차마다 실었다. 모든 준비를 끝내고 차에 시동을 건 순간 맨 나중에 탄 아들 녀석이 갑자기 크게 소리를 질렀다.

"앗싸! 이제 나의 고향 서울로 가는 거야."

느닷없는 소리에 먼저 부모의 안색을 살폈다. 다행히 듣지 못했는지 표정이 없었다. 머, 이따위 녀석이 다 있나, 하고 아들을 쏘아봤다. 아들은 사촌들과 장난치는 것보다 서울로 돌아간다는 것에 기분이 더 좋았다. 어색한 분위기를 느낀 아들이 주위 눈치를 살폈다. 어리둥절했다. 까닭을 알 턱이 없었다. 서울 토박이들도 서울과 고향을 연결해서 말하는 사람은 거의 없었다. 고향이란 단어는 왠지 시골과 더 잘 어울렸다. 고향에는 꼬맹이 시절에 놀던 들판과 천등산에서 흘러내린 냇물과 갈매기가 날아다니는 바다가 있었다. 파란 바다 위 하늘에는 할아버지와 할머니, 아버지와 어머니 그리고 형제들의 얼굴이 언제나 무지개처럼 떠 있었다.

갑자기 아들의 머릿속이 궁금했다. 그런 속마음을 안다는 듯이 녀석은 거침없이 종알거렸다.

"내가 꿈꾸는 것은 네 자리 글자인데 첫 글자가 '스'로 시작하지."

스마트폰. 피식, 절로 웃음이 나왔다.

요즘 산부인과 병원이 고향이라는 도시 애들도 상당하다는 우스갯말이 생각났다. 도시에서 사는 애들이 대부분 아들 녀석과 같은 생각을 하며 자랐을 터였다. 물론 아들의 입장에서 생각해 보면 아주 이해하지 못할 것도 아니었다. 아버지의 고향을 무작정 자기의 고향과 동일시 할 수는 없었다. 왠지 정이 가지 않는 서울을 고향이라 생각하지 않는 나와 별반 다르지 않았다. 아들이 서울의 어떤 분위기와 표정을 고향이라 생각할까 잘 이해가 되지 않았다. 서울에도 고향이라 불릴 만한 풍경이나 친근함이 아들의 눈에는 보이고 느껴지는 걸까. 운전하며 이런저런 생각을 해보지만 도통 의문투성이였다. 서울에 도착하자마자 아들은 혹시나, 그래도, 하는 나의 기대를 여지없이 깨버렸다.

"역시 고향의 공기는 좋아. 흠, 흠, 흠!"

지난 추석 때의 일을 생각하니 직박구리 어미와 새끼가 실랑이하는 모습이 우리 부자를 보는 듯했다. 넙죽넙죽 받아먹는 새끼의 노란 주둥이는 영락없이 아들이 재잘대는 입과 똑같았다.

"아빠는 시골이 좋은데, 너는 서울 무엇이 그렇게 좋냐?"

새끼 직박구리는 시무룩하게 대답했다.

"시골은 아빠 고향이니까 좋지. 내 고향은 아니잖아."

"우리는 항상 고향을 잊지 말아야 한다."

새끼 직박구리는 생뚱맞다는 듯이 어미 직박구리를 쳐다보았다.

"무슨 말이에요, 여기 도시가 제 고향이에요. 난 여기가 좋아
요.

은행 열매는 늦여름에 초록에서 은색으로 변하다가 가을이 깊
어갈수록 선홍색으로 변했다. 늦가을에 은행잎이 노랗게 빛날 때
진홍색으로 바뀌었다.

여느 때처럼 늦은 점심을 먹고 창문 너머 은행나무를 내려다
보았다. 은행나무 아래는 여전히 까치와 비둘기가 들끓었다. 비
둘기는 왕성한 번식력으로 갈수록 숫자가 늘어났다. 늙은 고양이
는 여전히 어슬렁어슬렁 낮은 담장 위를 걸어 다녔다. 나무에는
어김없이 새끼들이 삑삑, 울어댔다. 직박구리 새끼들은 어미 새
를 들볶아 자기들의 배를 채웠다. 날개를 파닥일 정도로 제법 커
서 이제 사람의 눈에 쉽게 띄었다.

까치와 직박구리 사이에 영역 다툼도 끊이지 않았다. 까치가
직박구리를 눈엣가시처럼 여겼다. 틈을 노리던 까치가 어미 직박
구리가 먹이를 구하러 간 사이에 새끼 직박구리를 습격했다. 새
끼 울음소리에 어미 새가 급히 날아왔다. 위급 상황을 눈치챈 어
미 두 마리가 까치에게 대들었다. 완강한 기세에 밀린 까치가 주
춤주춤 뒤로 물러났다. 머리에 깊은 상처를 입은 새끼는 날개 죽
지를 늘어뜨린 채 땅바닥으로 떨어졌다. 근처에 늙은 고양이가

선하품을 하고 앉아있었다. 고양이는 별생각 없이 새끼를 물고 담장 위를 천천히 걸어갔다. 반대편 골목에서 수업을 마친 아들이 터벅터벅 걸어왔다.

아들이 고양이를 째려봤다. 담장에 세워져 있던 막대기를 주워 고양이에게 달려갔다. 고양이는 우둥푸둥 살이 찐 몸을 움직여 담장 위로 도망갔다. 아들이 막대기로 벽을 두드리며 쫓아갔다. 고양이는 입에 물은 새끼를 놓지 않았다. 아들이 휘두른 막대기가 고양이를 위협할 정도로 가까웠다. 순간, 고양이는 담장 너머로 스르륵 사라졌다. 아들은 한참 동안 벽을 두드리고 서 있었다. 잠시 후에 고개를 숙인 채 힘없이 돌아섰다. 화가 난 아들이 길바닥의 돌멩이를 걷어찼다. 돌멩이가 데구루루 은행나무 밑으로 굴러갔다. 은행나무 아래에 학원 원장과 경비 아저씨가 서 있었다. 경비 아저씨는 머리에 망사를 쓰고 긴 장대를 들었다. 은행알을 수확하기에는 아직 이른 시기였다. 원장이 아저씨에게 무언가 지시했다. 경비 아저씨가 장대로 직박구리 둥지를 쑤셨다.

둥지가 있는 곳은 높고 잔가지가 많았다. 장대가 닿지 않았다. 위험을 느낀 직박구리가 쉴 새 없이 주위를 울며 날아다녔다. 둥지에서 흘러내린 부스러기들이 경비 아저씨 망사 위로 떨어졌다. 은행나무 아래에는 비둘기와 까치가 먹이를 쪼고 있었다. 부스러기가 떨어지자 무슨 일인가 하며 위를 쳐다보다가 다시 먹이 쪼던 일을 계속했다. 아들이 아직 경비 아저씨를 보지 못했다. 서로 엉켜 먹이에만 정신이 팔린 새들이 눈에 띄었다.

"오냐, 너희들 잘 걸렸다."

아들이 까치와 비둘기에게 돌멩이를 던졌다. 동시에 막대기를 들고 소리치며 달려갔다. 새들이 깜짝 놀라 고개를 들고 이리저리 두리번거렸다. 아들이 사정없이 막대기를 휘둘렀다. 그제야 상황을 파악한 새들이 도망가기 시작했다. 비둘기는 날개를 서너 번 파닥이다가 가까스로 날아올랐다. 까치는 담 위로 날아올라 아들 녀석을 내려다보며 깍깍 울었다. 아들이 다시 막대기를 휘둘렀다. 까치가 공중으로 날아올랐다. 세상의 모든 새들이 하늘을 향해 날아오르는 것처럼 은행나무 아래가 소란스러웠다. 깃털과 둥지에서 흘린 부스러기와 먼지가 거리에 뿌옇게 흩날렸다. 은행나무 아래에 아들 녀석만 덩그러니 남았다. 날아다니는 비둘기 깃털을 따라 공중에 눈길을 주다가 장대질하던 아저씨와 눈이 마주쳤다.

"어, 어. 우리 직박구리 둥지 건들지 말아요!"

아들이 소리쳤다. 아저씨가 자기 일을 마저 해야 한다는 듯 장대질을 계속했다. 아들이 스마트폰을 꺼내 그 장면을 찍기 시작했다.

"인터넷에 동영상으로 올릴 거예요!"

아들의 기세에 눌린 아저씨가 장대질을 슬그머니 멈췄다.

"새들이 하도 시끄럽게 울어서 수강생들이 수업을 못 받겠다고 난리야."

원장이 아들을 보며 변명했다. 아들은 아직 분을 삭이지 못한 듯 씩씩거렸다. 은행나무를 올려다보았다. 직박구리 둥지는 조금 흩어졌지만, 아직 그런대로 원형을 갖추고 있었다. 은행잎이 바람에 팔랑거렸다. 점점 은은한 노란색으로 물들어 갔다. 한참을 올려다보고 있던 아들이 집 쪽으로 고개를 돌렸다. 나와 눈이 마주쳤다. 손을 흔들어 아들에게 응원을 보냈다. 새끼 직박구리는 겨우 살았지만, 터를 잡고 살기는 힘들어 보였다. 서점도 새로운 길을 찾아야 한다는 생각이 머릿속에 맴돌았다.

현호가 일거리를 가지고 왔다. 복사한 호적등본과 호적초본을 몽땅 가져왔다. 한자 성명이 약자로 적혀 있었다. 약자는 알아먹기 어려운 것들이 많았다. 나와 현호는 각각 따로 일거리를 나눴다. 등본을 보고 한 글자 한 글자 적었다. 현호는 속도가 늦었다. 자주 내게 와 물었다. 가끔 나도 모르는 한자들이 보였다. 둘은 멋쩍게 웃었다. 현호는 며칠 작업을 한 것을 모아 윤 변호사 사무실에 다녀왔다. 더 많은 일거리를 가져왔다.

"일 처리가 빠르다고 하대요. 형님이 도와줬다고 했어요."

한자를 많이 안 것이 이런 식으로 도움이 되는 것이 생뚱맞았다. 이것을 토대로 소송을 거는 모양이었다. 우리가 하는 작업이 일제 강점기에 강제 징용된 사람들과 친인척관계를 밝히는 작업이었다. 한 달 내내 이 일에 매달렸다. 현호는 이 일을 하는 중에 윤 변호사 사무실에 정식으로 채용되었다.

늦가을 아침, 밖을 내다보니 하룻밤 사이에 은행잎이 샛노랗게 물들었다. 아침저녁으로 기온이 차갑더니 신기한 자연의 변화가 일어났다. 샛노랗게 물든 은행나무는 유화 속의 한 풍경 같았다. 날씨에 따라 수험생들의 옷차림도 덩달아 두터워졌다. 노란 은행잎들이 바람에 조금씩 흩날렸다. 허공을 맴돌다가 바닥으로 떨어졌다. 은행잎 사이로 밥공기만 한 직박구리 둥지가 완전히 모습을 드러냈다. 짙은 나무색의 직박구리 둥지는 가지 사이에 튼튼하게 지어져 있었다. 이미 직박구리는 둥지를 떠나 멀리 숲속으로 날아가 버렸다.

서점 문을 닫을 시각에 윤 변호사가 찾아왔다. 서점 문을 닫고 근처 실비집으로 자리를 옮겼다. 막걸리에 꼬막을 시켰다. 빈 막걸리 병이 늘어났다. 둘은 술에 취해 얼큰한 기운이 머리끝까지 차올랐다. 주로 어린 시절 시골 이야기, 군대 이야기, 문학 이야기를 했다. 윤 변호사는 토마스 만의 『마의 산』을 입에 침을 튀겨가며 칭찬했다. 고시촌에 들어박혀 있을 때 자신이 마의 산에서 요양하는 주인공을 닮은 것 같았다며 웃었다. 시간이 지날수록 서로의 얘기가 헛돌기 시작했다. 한순간, 깊고 적막한 시간이 쩡, 하며 울렸다. 대화와 대화 사이에 커다란 틈이 벌어지며 그 속에서 시커먼 혀가 널름거렸다. 하지만 이상할 정도로 머리가 말짱했다. 나와 윤 선배는 동시에 서로를 바라보았다. 무엇이지? 무언가 이해할 수 없었다. 삶을 이끄는 나침반의 자기장이 우리 둘의 머리 위에서 딱 멈춘 그런 느낌이었다.

잠시 후, 째깍, 멈췄던 시간이 다시 엇갈려 흘렀다.

"이 사장! 이제 변호사도 못 해 먹겠어. 갈수록 힘이 드네."

나는 잠깐 멍하니 앉아 있었다. 머리를 흔들고 자세를 바로잡았다. 윤 변호사를 바라보았다. 홀가분하게 얘기하는 듯하지만 목소리는 가라앉아 있었다.

"그때 고시 공부할 때 늙은 선배 술 사주느라 고마웠어. 잊지 않을게."

윤 변호사의 어깨가 양쪽으로 축 처졌다.

"저도…… 아무래도…… 서점을 접어야 할 것 같아요."

며칠 동안 결단을 못 내리고 끌고 있었다. 입 밖으로 내뱉으니 모든 것이 해결된 듯 편했다. 둘은 남은 막걸리를 들이켜 목을 축였다. 함께 일어났다.

골목길을 걷다 보니 은행나무 아래였다. 길가에는 가로등이 켜져 있고 은행나무 위에는 보름달이 떠 있었다. 나무우듬지를 올려다보았다. 밑에서 올려다본 은행나무는 달을 향해서 솟아있는 거대한 사다리처럼 보였다. 가지 사이로 수많은 노란 나비들이 팔랑이며 날갯짓하고 있었다. 노란 나비들이 하나둘 아래로 흩날렸다. 나무 사다리를 타고 오르고 싶었다. 고향 영당의 은행나무로 통할 것 같았다. 갑자기 윤 변호사가 나무를 타고 올랐다. 한 발 늦었다. 목소리는 안 돼, 하면서도 머릿속으로 그를 응원했다. 내가 소리를 칠수록 윤 변호사에게 어서 올라가라고 부추기는 소리로 들리는 모양이었다. 오르는 속도가 빨랐다. 몇 번 발이 미끄러지고 손을 헛짚더니 어느새 우듬지 바로 밑에 도착했다. 직박구리 둥지에서 흘러내린 부스러기들이 그의 얼굴에 닿았다. 가지를 하나 더 밟고 올랐다. 그의 눈 아래 둥지가 놓여 있었다.

"아무것도 없어. 텅 비었어!"

달빛 아래 날씨가 싸늘했다. 그는 갑자기 나무를 끌어안았다.

"이놈의 인생도 똑같아! *끄윽, 끄윽!*"

꺾인 울음이었다. 한참을 울던 그는 고개를 돌려 학원이 있는 거리를 내려다보았다.

다음 날 아침, 밖에 나갔다 온 아들이 호들갑을 떨었다. 밤사이에 은행잎들이 모조리 떨어져 버렸다고 말했다. 나는 아직 잠이 덜 깬 채 창밖을 내다보았다. 은행나무 아래에 노란 잎들이 수북이 쌓였다. 앙상한 줄기 끝에 아직 남은 잎이 몇 개 매달려 있었다. 숙취 때문인지 뒷골이 당겼다. 어젯밤 윤 변호사가 울었던 모습이 다시 떠올랐다.

"끅, 끅! 직박구리보다 못한……."

그의 구부정한 뒷모습과 은행나무 위에 헝클어진 둥지가 겹쳤다. 베란다에서 보니 길에서는 보이지 않던 은행나무가 건물 사이마다 노랗게 죽 심겨 있었다. 가을 은행나무는 노란 물감을 듬뿍 칠해놓은 것처럼 끊어질 듯 끊어질 듯 이어지며 멀리 숲속까지 뻗어있었다. 새들이 다니는 길이었다.

서점은 개업한 지 반년이 조금 지났다. 처음 생각보다 훨씬 힘들었다. 그 이유가 법률 서적 출판사와 학원 강의 테이프의 원활치 못한 공급이 가장 컸다. 현금마저 법률 출판사에 바로 결제했다. 게다가 학원 교재는 개강에 맞춰 미리 확보해 놓아야 했다. 이것마저 현금으로 지급해야하니 빠르게 돈이 회전되지 않았다. 기존 서점들은 한 달 단위로 부분 결제를 했다. 무엇인가 형평성에 맞지 않았다. 폐업한 서점들의 수순을 그대로 밟고 있었다. 반복된 틀 속에서 어떤 해결책도 보이지 않았다. 처음에 개업 서점이라 호기심에 들렀던 수험생들도 한 명 두 명 발길을 돌렸다. 서점의 책장은 여전히 비어 있고 먼지만 쌓였다.

결단을 내려야만 했다. 숙고 끝에 헌책방으로 바꾸기로 했다. 헌책방은 수험서를 낮은 가격에 사 웃돈을 얹어 팔았다. 대신 재

고가 쌓이면 그대로 짊어져야 했다. 잘 팔릴 수험서인지 아닌지를 판단을 잘하고 사야 했다. 위험 부담이 컸지만 마땅한 다른 방법이 없었다.

서점에 출근할 때마다 골목길에 직박구리가 우는 소리가 들렸다. 어미 직박구리가 날개를 몸 옆에 착 붙이며 날아다니는 모습도 자주 보였다. 직박구리는 아파트 단지나 나무가 있는 주택단지에도 쉽게 발견되었다. 떼 지어 다니며 시끄럽게 울었다. 직박구리가 시끄럽게 우는 소리도 도시의 소음 속에 스며들어 제자리를 잡았는지 차츰 자연스럽게 느껴지기 시작했다. 하지만 직박구리는 둥지가 있던 은행나무 근처에는 얼씬도 하지 않았다. 겨울이 깊어지면서 골목길을 날던 모습도 점점 눈에 띄지 않았다. 아들 녀석이 직박구리 새끼들이 어디로 갔는지 묻지만, 막연히 숲 속으로 갔을 것이라는 말밖에 할 수 없었다.

겨울이 오면서 학원 거리는 내년 시험 준비로 부산하게 움직였다. 점심 식사 후 창밖을 내려다보며 직박구리가 살았던 여름날의 은행나무를 떠올렸다. 울창했던 은행나무는 이제는 볼품이 없었다. 둥지가 있던 주변 가지는 부러지고 꺾여 나무속이 훤히 들여다보였다. 지력이 약한 콘크리트 사이에 자리 잡아서인지 경비 아저씨가 몰래 나무 밑동에 톱질해서인지 알 수 없었다. 지난 여름에 진짜로 새들이 둥지를 틀 만큼 그렇게 크고 울창했는지조차 의심스러웠다. 새 둥지는 날이 갈수록 조금씩 허물어지더니 언젠가부터 형체마저 사라졌다. 은행나무 아래 손수레에는 까치와 비둘기가 여전히 바글거리며 먹이를 찾았다. 다만, 직박구리만 모습이 보이지 않았다.

어느 날, 오후에 현호가 서점을 찾아왔다.

"윤 변호사님이 며칠 전에 세상을 떠났어요."

멍하니 현호를 쳐다보았다.

"전에 작업했던 호적등본 있죠. 그걸로 징용 관련 소송에서 승소했거든요. 근데……."

배상금을 주식에 투자했다. 한 달만 하자는 것이 갑자기 주가가 내려가고 그 돈을 갚을 수 없게 되자 극단적인 방법으로 세상을 떴다며 울먹였다.

번뜩, 마지막으로 윤 변호사와 술을 마셨던 그 실비집이 머릿속을 지나갔다. 그때 둘의 머리 위를 삶의 나침반이 지나고 있었다. 나침반의 빨간 자침이 그때 막 각자의 길을 가기 위해 서로 엇갈리며 쩡, 하고 순간적인 진공상태를 만들었다. 그리고 각자의 길로 흩어졌다.

일찍 서점 문을 닫고 집으로 돌아왔지만 여전히 머리가 멍했다. 창문 아래 은행나무를 내려다보았다. 앙상한 가지에 아직 어미 새가 되지 않은 직박구리 한 마리가 앉아 있었다. 직박구리는 둥지가 있던 가지에 앉아 주위를 두리번거렸다. 한참 후에 내가 있는 창문을 스윽, 쳐다보더니 날개를 털며 천천히 날아올라 멀리 숲 쪽으로 사라졌다.

실비집

실비집

지붕 위로 바람이 지나간다. 언뜻 나뭇가지 부러지는 소리가 들린다. 형준은 고개를 갸우뚱거리며 주인 여자에게 묻는다.

"혹시 가게 뒤에 큰 나무가 있나요? 잔가지 부러지는 소리가 들리는데⋯⋯."

주인 여자가 형준 곁으로 다가와 속삭인다. 입김이 따스하다.

"취하셨나 봐요."

잠시 숨을 멈추더니 혼잣말처럼 웅얼거린다.

"지금은 없지만, 예전에 커다란 느티나무가 서 있었대요. 시골 동네 입구에 서 있는 둥구나무처럼 커다란. 그 아래는 냇물이 흐르고⋯⋯."

처음 실비집에 왔을 때도 이런 분위기였다.

애기를 듣고 보니 더욱더 찬바람이 가지 끝에 맴도는 듯하다. 주인 여자가 언제 자리에서 일어났는지 개수대에서 설거지하는 소리가 달그락거린다. 점점 술기운이 오른다. 바람 소리, 물소리에 멀리 고향의 푸른 바다를 떠올린다.

겨울밤이 깊을수록 실비집은 나룻배처럼 출렁인다. 형준은 나룻배에서 꿈을 꾼다. 갯가에 바닷물이 출렁인다. 바람에 갯벌 냄새가 묻어난다. 갯벌 위로 밀물이 밀려온다. 바닷물이 갯가에 넘실거린다. 밀물은 강으로 치닫는다. 긴 강을 거슬러 내를 지나고 작은 개울에 닿는다. 바닷물은 어느새 실비집 느티나무 아래에 출렁인다.

주인 여자가 형준에게 꼬막을 건네준다. 갯벌 냄새가 묻어 있다. 슬며시 여자의 손을 잡는다. 손이 차갑다. 눈을 뜬다. 출입문 틈으로 차가운 바람이 스며든다.

형준이 실비집에 오기 전에 서점에서 작은 실랑이가 있었다. 서점 문을 막 닫으려는데 수험생이 헌법 책을 다시 가져왔다. 책 페이지를 넘겨보니 앞부분이 지저분했다. 샤프로 메모한 부분을 급히 지운 흔적이 있었다. 형준의 눈치를 보던 수험생이 지레 목소리를 높였다.

"오늘 저녁에 샀는데 손 하나 대지 않았어요. 첫 시간에 책을 펼쳐보니 뭐 초판과 똑같던데요."

어처구니가 없었지만 흔한 일이었다. 손님은 교환이 아니라 돈으로 돌려받으려 했다. 그는 가만히 손님을 쳐다보았다. 그러고 나서 환불해 주었다. 학원가에 퍼질 뒷소리가 싫었기 때문이다. 옥신각신하다 보면 결국은 서점 평판만 나쁘게 인식된다는 것을 번연히 알고 있었다. 책 한 권 때문에 불친절한 서점으로 낙인찍히고, 주인이 저러니 장사나 하고 있다는 뒷말이 싫었다. 어떻게 하든 늘 마음은 찝찝했다. 학원 수업이 끝나고 수강생들이 한꺼번에 몰려드는 밤 열한 시쯤이라 피곤과 짜증이 한꺼번에 밀려왔다.

서점을 찾는 손님들의 대부분은 수험생이다. 그들은 책을 사는 데 돈을 아끼지 않았다. 합격만 하면 모든 것이 보상된다고 생각한다. 인기 강사의 수험 서적은 출간되자마자 다 팔렸다. 저명 교수들의 수험서는 더 빨리 그리고 더 많이 팔렸다. 출판사마다 인기 강사나 저명 교수의 책을 내려고 기를 썼다. 그런데 잘 팔리는 수험서는 개정도 자주 했다. 시험의 압박감에 늘 초조하고 불안해하는 수험생들은 개정판을 사지 않을 수 없었다. 혹시 출제 가능성이 높은 내용이나 자기만 모르는 자료가 개정판에 실려 있지 않을까 두려워했다. 출판사는 수험생들의 이런 약점을 알고 있었다. 개정을 자주 하다 보니 이 수험생처럼 책을 환불하는 일이 자주 생겼다.

형준은 손님을 보내고 서점 문을 닫았다. 막상 어디 갈 곳이 없었다. 아무도 없는 집으로 곧장 들어가고 싶지는 않았다. 전날 마신 술로 아직도 기분이 찌뿌듯했다. 하지만 한 시간 정도 되는 이 시간을 그냥 지나치고 싶지는 않았다. 그저 수험생들을 의식하지 않고 술을 한잔하고 싶었다. 하지만 학원이 많은 이 거리에서는 그마저 쉽지 않았다. 학원가에서 떨어진 술집이 필요했다. 실비집이 안성맞춤이다. 그는 덕근과 동욱에게 카톡을 날렸다.

형준은 복개 천을 따라 죽 내려갔다. 앞쪽에서 차가운 바람이 쉴 없이 불어왔다. 일월도 막바지인지라 추위는 산 아래 도시의 골목마다 깊숙하게 들어앉았다. 하천 쪽의 바람은 여전히 날카로웠다. 전철역 조금 못 미쳐 좁은 골목길로 접어들자 실비집이 나타났다. 주위의 현대식 건물 틈바구니에서 용케도 살아남았다 싶을 만큼 작고 허름했다. 문 앞에서 주인 여자가 이십 대쯤 보이는 젊은 사내와 얘기하고 있었다. 사내는 하얀 얼굴에 덩치가 크고 머리는 짧았다. 언뜻 주인 여자가 칭얼대는 아이를 달래는 것처럼 느껴졌다. 사내가 골목 저편으로 올라가자 주인 여자는 바삐 가게 안으로 들어갔다. 잠깐 사이를 두고 형준도 따라 들어갔다. 새시로 된 문을 열고 낮은 문턱을 넘었다. 왁자한 소리와 함께 따뜻한 수증기가 날아왔다. 어느새 주인 여자는 부지런히 술과 안주를 나르고 있었다. 형준을 보자 엷은 미소를 지으며 눈인사했다.

갈색 파마머리를 한 여자가 세 남자와 막걸리를 마시고 있었다. 남자들은 말이나 차림새가 그녀보다 약간 윗벌로 보였다. 산행을 갔다 온 차림새였다. 갈색 파마는 주인 여자의 친구다. 집이 근처인지 자주 실비집을 드나들었다. 형준을 보자 알은체했다. 그녀는 주인 여자 쪽을 보면서 눈을 찡긋했다. 탁자마다 사람들로 가득 차 있었다. 신발을 벗고 올라앉을 수 있는 자리만 비어 있었다. 형준은 평상시처럼 막걸리에 꼬막 안주를 시켰다. 잠시 후, 후배 동욱이 눈에 장난기가 가득한 채 들어왔다.

주인 여자가 재빨리 탁자를 치우고, 앞치마에 손을 훔쳤다. 밑반찬과 시래깃국을 내어놓았다. 형준은 갈증이 나서 시래깃국을 끌어당겨 몇 숟갈을 떠넣었다.

"어이구, 시원하다. 추울 때는 시래깃국이 최고여."

주인 여자가 들었는지 살짝 웃었다.

"추울 때는 따뜻한 것이 최고지요. 고향 사람들이 오니 분위기가 구수하네요."

주인 여자는 남녘이 고향인데도 오랜 서울 생활 때문인지 말씨가 깔끔했다.

"선배가 촌스러운 것들을 어지간히 좋아해야죠."

동욱이 슬슬 형준을 놀리기 시작했다. 형준은 시래깃국을 떠

먹으며 가볍게 째려보았다.

입구에 앉아 있는 갈색 파마 일행은 산행 후 계속 술을 마셨던 모양이다. 주위 사람들의 시선은 아랑곳하지 않고 자기들 이야기로 시끄러웠다.

"이 친구는 등산할 때 우리와 다르게 발을 세 개 사용해."

갈색 파마의 맞은편에 앉은 남자가 말했다. 조용히 이야기해도 좁은 공간이라 모두에게 들렸다. 그녀가 무슨 뜻이냐며 눈을 끔벅였다. 짝꿍인 듯한 옆 남자를 빤히 쳐다보았다. 맞은편 남자가 그것도 모르느냐는 듯이 다시 말을 이었다.

"우리보다 하나 더 달렸단 말이야."

조금 눈치를 챈 듯한 그녀가 맞장구를 쳤다.

"아, 두 발에다 스틱? 세 개 맞네요."

"그것이 아니여. 다시 잘 생각해 봐."

그녀는 모르겠다는 듯 머리를 갸우뚱거리며 옆에 앉은 짝꿍을 흘겨보았다. 남자는 조용히 웃고만 있었다. 처음 말을 꺼낸 남자가 계속 물고 늘어졌다. 짝꿍인 남자가 형준과 동욱의 눈치를 살피며 일행들에게 그만하라는 눈짓을 했다.

"그럼 나머지 하나는 상상만 해볼게요."

갈색 파마가 이야기를 부드럽게 종결을 지었다. 형준이 동욱의 귀에 대고 소곤거렸다.

"딱 십 년 후의 우리 모습이네."

동욱이 그들 쪽으로 고개를 돌리려 했다. 형준은 그에게 빤히 보지 말라는 시늉을 했다. 그의 주의를 돌리려 얼른 다른 말을 꺼냈다.

"그런데 이 집 간판 '실비집'이 무슨 뜻인 줄 알아?"

"싸고 맛있는 갈빗집, 아닌가요?"

동욱은 뭐 그런 허접스러운 것을 물어보느냐는 투였다.

"무식한 놈. 오천 냥 안주 집에서 갈비 같은 소리 하고 자빠졌네. 이런 것도 모르면서 수험생들 가르치지."

동욱은 황당한 표정을 지었다.

"하여간 선배는 말하는 것이 파쇼야, 파쇼!"

툴툴거리며 잔을 비웠다.

"파쇼고 뭐고 간에 어떻게 보일러 설비집 같은 곳에서 갈빗집을 했겠어? 실제 비용만 받는 싼 술집이란 말이지."

"어째 선배 말이 맞을 것 같은데 사장님 오면 물어보자고요."

주인 여자가 살짝 데친 꼬막을 가져와 탁자 위에 놓았다. 주인 여자와 형준의 눈길이 피어오르는 김 사이로 마주친다. 여자의 입 꼬리가 가로로 길게 늘어나며 웃었다. 동욱은 고개를 돌려 주인 여자에게 물었다.

"사장님. 방금 우리가 한 말 들었죠? 누구 말이 맞아요?"

"저도 잘 모르겠네요. 가게가 싸게 나와서 계약했지 간판 이름 보고는……."

이미 다른 테이블에 있던 갈색 파마 일행은 사라져 버린 뒤였다.

형준은 갑자기 장난기가 발동했다. 꼬막 한 개를 집어 들고 동욱에게 이게 무슨 꼬막이냐고 물었다. 그는 눈을 동그랗게 뜬 채 꼬막도 종류가 있느냐며 생뚱맞은 표정을 지었다.

"꼬막이 참 꼬막과 새 꼬막 두 종류가 있어요."

주인 여자가 조그만 도구를 탁자 위에 놓으며 대신 말했다. 근래 중국에서 수입한 꼬막 까는 기구다. 꼬막 밑의 움푹한 홈에 넣고 돌리면 쉽게 껍데기가 벌어졌다. 동욱은 주인 여자를 쳐다보며 그럼 지금 먹는 것은 무슨 꼬막이냐고 물었다.

"우리 가게에서는 새 꼬막밖에 취급 안 해요. 참 꼬막은 너무 비싸고 귀해서 시장에 잘 나오지도 않아요."

동욱은 고향이 산골이어서 갯것에 관해 젬병이었다. 주인 여자가 웃으며 꼬막 얘기를 계속했다. 도시 사람들처럼 희멀겋고 작은 새 꼬막과 다르게 참 꼬막은 껍데기가 까맣고 골이 깊고 알이 크다. 꼭 촌놈처럼 생겼다. 속살은 진하고 쫄깃쫄깃하다. 예전에 새 꼬막은 하급품으로 취급해서 제사상에 올려놓지도 못했다고 말했다. 얘기를 마친 주인 여자가 동욱에게 꼬막 한 개를 까

주었다.

어린 시절 형준의 기억에 꼬막은 전부 참 꼬막뿐이었다. 명절 때 먹었던 꼬막도 골이 굵고 색이 짙은 참 꼬막이었다. 말랑말랑한 속살은 반지르르하고 짙은 갈색이었다. 껍데기에 고인 국물은 간간해서 군침이 돌고 입맛을 당겼다. 한두 개만으로도 밥 몇 숟가락이 거뜬했다. 요즘 웰빙 식품이라고 매스컴에서 떠드는 것들도 대부분 참 꼬막처럼 투박하고 오래 묵은 것들이었다. 어린 시절에는 흔하디흔했지만 그때는 거의 먹지 않았던 것들이다. 이제 그런 것들마저 손쉽게 사 먹기도 힘들어졌다. 언뜻 참 꼬막의 '참'이란 말에는 진짜라는 의미보다 투박하지만 화석처럼 오래된 시원의 의미가 있다는 생각이 들었다. 참붕어, 참게, 참매미, 참새 그리고 참나무가 그렇듯이.

동욱이 빙글빙글 웃으며 형준에게 왜 꼬막을 좋아하는지 물었다.

"덕근이 여자 좋아하는 것과 같지 뭐 별거 있간디."

덕근의 얘기에 주인 여자가 그 친구는 왜 오지 않느냐고 물었다. 동욱이 학원 직원들과 회의가 있어 자기만 먼저 왔다고 했다. 동욱이 막걸리를 들이켰다. 안주를 먹으려고 꼬막을 까는데 역시나 헤맸다. 할 수 없이 다시 주인 여자가 한 개를 까 주었다.

형준은 동욱에게 얼마 전에 덕근과 통화한 일을 얘기했다. 그날 덕근에게 여러 번을 전화했지만 통화가 되지 않았다. 포기하고 있는데 문자가 날아왔다.

'섹스 중'

형준은 나중에 만나 대낮에 무슨 섹스냐고 물었다. 동욱은 상체를 형준에게 가까이하며 호기심을 보였다. 덕근은 요즘 밤에 섹스하는 놈들이 어디 있느냐며 통박을 주었다. 그다음 언젠가도 밤에 혼자 술을 마시며 전화했는데 문자만 날아왔다. 이번에도 섹스 중이었다. 오! 그래, 하면서 밤인데 웬 섹스냐고 문자메시지를 날렸다. 도리어 형준에게 순진하다며 천연덕스러운 문자가 날아왔다.

'야, 야. 섹스하는 데 밤낮이 어디 있어?'

둘의 얘기를 들었는지 주인 여자가 풋, 하며 웃었다. 문이 열리고 덕근이 팔자걸음으로 나타났다.

"몇 번 왔지만 사장님이 볼수록 참하게 생기셨네. 형준이 이런 데 다니는 이유가 다 있기는 있어."

덕근은 가게로 들어서자마자 주인 여자에게 너스레를 떨었다. 형준과 동욱이 앉은 탁자로 다가오더니 악수 대신 씩 웃었다.

"요즘 학원은 어때?"

형준이 물었다.

"나야 강사들 관리만 하면 되니 좀 낫지. 동욱이 강의가 문제지.”

동욱이 덕근에게 학원 얘기 그만하라며 손사래를 쳤다.

“동욱이는 제발 고시생이었다고 티내는 강의 스타일 좀 버려! 학원 사람들만 생고생이잖아.”

덕근이 말 나온 김에 잘 되었다는 식으로 통박을 줬다.

“예, 잘 알겠습니다, 장 실장님. 실장님이 도와줘서 종합반 강의를 하지만 사실 처음이라 뭐가 뭔지 하나도 모르겠네요.”

동욱이 이번에는 고분고분 대답했다.

“학원에서나 실장이지 술집에서까지 그렇게 부르면 이 선배가 섭하지.”

대부분 학원의 종합반 강의는 학원 시스템상 기존의 탄탄한 강사들로 편성한다. 동욱처럼 풋내기 강사에게는 잘 맡기지 않는다. 수험생들이 싫어하는 그것 또한 이유지만 경험 많은 학원 실무자들 조언을 귀담아들으려 하지 않기 때문이기도 하다. 더구나 고시를 공부한 동욱은 자존심이 세다. 이래저래 수험생들의 항의가 많았다. 덕근이 옷걸이에 옷을 걸고 자리에 앉았다.

“그런데 너는 여전히 연애 사업이 번창하다며?”

형준이 끼어들었다.

“누가 무슨 그런 농담을 해?”

덕근이 주인 여자를 보며 통 그런 일 없다며 손을 내저었다.

탁자에 안주로 나온 꼬막이 어느새 바닥이 났다. 덕근이 주인 여자를 돌아보며 메뉴판을 찾았다.

"요즘 쭈꾸미 철인가요? 정력에 좋다는 먹통 좀 먹었으면 좋겠네요."

덕근이 두꺼운 입술을 좌우로 벌리며 능글맞게 웃었다.

"쭈꾸미는 알이 차 있는 삼사월이 제철이에요. 지금 것은 맛도 없을뿐더러 시장에도 잘 나오지 않아요."

할 수 없이 꼬막 한 접시를 추가로 주문했다. 실비집은 돼지껍데기, 아귀찜, 소라, 한치회, 닭발 등 거의 모든 안주가 오천 원이지만 꼬막은 만원이다. 대신 다른 데에 비해 양이 많다. 이곳을 찾는 손님들은 다른 메뉴보다 주로 꼬막 안주를 찾았다.

주인 여자는 손님도 없는 한가한 시간이라 형준의 옆자리에 앉았다. 그녀가 앉자 덕근은 늘 하던 야한 입담을 시작했다. 조금 듣는 척하다가 형준이 항상 똑같은 그의 얘기에 딴죽을 걸었다.

"맨날 똑같은 얘기 지겹지도 않아? 하루 이틀도 아니고……."

덕근이 정색하며 형준을 쏘아붙였다.

"어이, 우리 나이에 여자 좋아하는 건 죄가 아니야. 문제는 뒤에서 호박씨 까는 놈들이지. 주위에 착실한 척하면서 사는 놈들 잘 살펴봐. 꼭 귓구멍에 시커먼 털이 나 있어."

갑자기 동욱이 귓속을 후비기 시작했다. 형준도 덩달아 귓속이 가려워졌다. 동욱이 요즘 귓속이 자꾸 가려운 것이 털 때문에 그랬나, 하며 중얼거렸다. 주인 여자가 슬그머니 웃었다. 덕근이 게슴츠레한 눈으로 주인 여자를 흘낏거리며 막걸리를 들이켰다. 탁자에 빈 막걸리 병이 쌓여갔다.

밖에서 누구인가 유리문 안을 들여다보는지 그림자가 어른거렸다. 잠시 후 슬며시 문이 열렸다. 고개를 들이미는 사람은 형준이 실비집에 도착했을 때 주인 여자와 문 앞에 서 있던 젊은 사내였다. 밝은 데서 보니 덩치는 크지만 아까보다 더 앳돼 보였다. 주인 여자가 황급히 일어나 젊은이를 데리고 밖으로 나갔다. 창문 너머 두 그림자가 너울거렸다.

잠시 후 들어온 주인 여자가 다시 형준 옆에 앉았다. 누구냐고 묻지도 않았다. 그녀가 먼저, 얼마 전에 얘기했던 아들이라고 말하며 한숨을 쉬었다. 한숨의 의미를 묻지 않아도 알 것만 같았다. 좋은 대학에 가지 못했다던가, 군대에 다녀와 놀고 있다던가, 자식들 때문에 쉬는 한숨은 다 그만그만했다. 여자는 시간이 늦어 이제 새로운 손님을 받지 않겠다며 바깥 간판 등을 껐다. 실내등도 세 사람이 앉은 탁자에만 켜 놓았다. 술집 안은 좁고 천장은 낮았다. 주인 여자는 같이 앉았다가도 틈틈이 자리에서 일어나 다음 날 안줏거리를 준비했다. 새처럼 종종걸음으로 부지런히 움직였다. 밤이 깊으면서 형준의 마음이 나룻배처럼 출렁거리기 시작했다.

술에 취한 형준의 귓가로 실비집 지붕 위 나뭇가지가 바람에 흔들렸다. 덕근은 이제 입심이 달리는지 고개를 끄덕이며 졸았다. 동욱은 아직도 할 말이 남았는지 중얼거렸다. 형준은 취한 채 딸의 얼굴을 떠올렸다. 한때 형준도 동욱처럼 고시 공부를 했었다. 딸이 자폐라는 것을 알기 전까지는 부부 생활도 원만했다. 공부하는 중간에 결혼하게 되었지만 딸의 증세를 확인하고는 고시를 접어야만 했다. 모든 생활이 엉망으로 얽혀버렸다. 그 후에도 미련이 남아 딱히 특별한 직업도 없이 고시생과 아르바이트 생활을 전전했다. 항상 옆에 있어 줄 것만 같던 아내였다.

이혼 후 모든 것을 정리하자 부모·형제들이 이번이 진짜로 마지막이라고 못을 박으며 조그만 헌책방을 마련해주었다. 책방 한 구석에는 수험생들이 주로 사용하는 필기구를 배치했다. 헤어진 아픔을 잊으려 미친 듯이 일에만 몰두했다. 삼 년 뒤에 헌책방을 벗어날 수 있었다. 아내와 헤어진 뒤에 많은 생각을 했지만 여전히 복잡한 머릿속을 정리할 수는 없었다. 다만 한 가지는 확실히 알 수 있었다. 삶에서 까닭 없이 일어나는 일은 하나도 없었다. 상처가 생기기 전에는 다 징후가 있었다. 다만, 그때 그런 사실을 회피하거나 모른 척했을 뿐이었다.

"요즘은 술만 마신다고 딸내미도 내 말을 들은 척도 않네요."

동욱이 늘 하는 푸념이었다.

"정신 차리고 강의에 집중해. 가족들 먹여 살리는 것보다 더 중요한 것이 어디 있어?"

덕근은 평소 동욱의 술주정에 자주 짜증을 냈다.

형준은 둘의 얘기를 들으면서 다시 딸의 얼굴을 떠올렸다. 동욱의 푸념은 계속되었다.

"누가 그렇게 살고 싶어서 그렇대요. 이것도 저것도 안 되고 마음은 불안하니 또 매달리고, 그러다 보니 또 반복되고……."

주인 여자는 그냥 조용히 일만 했다.

하기는 형준도 고시 공부할 때 힘들면 컴컴한 만화방이나 비디오방에 처박혀 만사를 잊으려고만 했다. 밖으로 나오면 다시 밝은 곳에 적응하는 데 시간이 걸렸다. 처음에는 빨리 적응했지만, 그것도 반복되다보니 지루해졌다. 언제부터인지 정신마저 해이해져 모든 일에 자신감이 사라졌다.

"돈 벌면 먼저 마누라와 딸내미 토끼뜀부터 시켜야겠어."

동욱이 술에 취해서 계속 주절거렸다. 덕근이 빙그레 웃으며 한마디 했다.

"시간 됐구먼, 시간 됐어. 저놈의 레파토리 나오는 것 보니. 네가 그런 자세로 사니 초등학생 딸내미까지 무시하지.

"전 형준 선배님이 부럽습니다."

"고시 공부했던 놈들은 술만 처먹으면 자기들만 제일 힘든지 알아. 술 취하면 같은 이야기 좀 그만 반복해. 형준도 딸 때문에 힘들잖아."

덕근이 술주정하는 동욱을 큰소리로 나무랐다. 형준도 무슨 말이라도 한마디 해야 할 것 같았다.

"난 양발에 쇠사슬을 끌고 사막을 걸어가는 기분이야."

형준은 말을 해놓고도 마음이 편치 않았다. 술기운이 머리끝까지 차올랐다. 동욱은 고개를 숙이며 풀죽은 모습이었다.

형준은 아내와 헤어진 지 꽤 오래되었는데도 술에 취하면 꼭 현실감을 잊어버렸다. 딸 생각에 스마트폰을 꺼냈다가 다시 내려놓았다. 며칠 전부터 통화한다는 것을 자꾸 미루고 있었다. 딸을 생각하면 먼저 화를 내며 소리를 지르는 딸의 얼굴이 떠올랐다. 스무 살이 되니 사춘기를 겪는지 여드름이 부쩍 돋아났다. 자꾸 최근에 만나 살갑게 대해준 사람의 이름을 불렀다. 화가 났을 때 돼지 멱따는 듯한 소리를 지르면 형준과 아내는 도저히 어떻게 할 수가 없었다. 처음엔 양팔과 양발을 누르고 수건으로 입을 틀어막았다. 하지만 시간이 지날수록 힘이 달렸다. 삼십 분 정도 난리를 치고 나면 온몸이 파김치가 되었다. 딸은 우리 다 함께 죽어버리자는 말을 한없이 반복했다. 평상시에 아내가 딸 앞에서 자주 중얼거렸던 말이다. 괴성을 지르며 몸부림을 칠 때마다 형준은 신문에 기삿거리로 등장하는 가족 동반 자살이란 말이 생각났다. 한순간 머릿속이 하얘지면서 옥상에서 그대로 뛰어내리고 싶은 충동에 휩싸였다. 아내는 헤어지면서 형준에게 쐐기를 박았다.

"자폐 아이들도 서로 결혼해 잘 살아. 그런 것도 알아보고 애를 자립하게 도와줘도 될까 말까 한데 아버지란 사람이 자기 몸 하나 주체 못 해 빌빌대니……."

형준은 자폐인 아이들이 결혼한다는 사실을 그때 처음 알았다. 조금 상태가 나은 애들끼리 결혼시키고 일주일마다 부모들이 방문해서 도와주는 모양이었다.

형준의 이런 사정을 덕근과 동욱은 둘 다 알고 있었다. 하지만 다들 늦게까지 지친 상태로 술을 마시다 보면 그만 남의 사정 같은 건 까맣게 잊어버렸다. 분위기는 냉랭해지고 어느새 파장 분위기로 바뀌었다. 설거지를 끝낸 주인 여자가 다시 형준 옆에 앉았다. 주인 여자는 전부터 형준의 딸 이야기를 할 때면 주의 깊게 듣곤 했다. 자주 입술을 달싹이는 것이 무엇인가 궁금한 표정이었다.

덜컹 문이 열리며 갈색 파마가 비틀거리며 들어왔다. 혼자였다. 차가운 바람이 쏴 하니 따라왔다. 찬바람에 덕근과 동욱도 고개를 들었다. 무슨 일이냐는 듯 어리둥절한 표정이다. 주인 여자

가 그녀를 부축하려고 일어서는데 어느새 형준의 옆자리로 파고
들었다.

"안경 씨, 한 잔 따라 봐요."

형준은 약간 당황했지만 그녀에게 술을 따랐다. 잔을 받은 그
녀가 형준에게 술을 따라주며 가볍게 잔을 부딪쳤다.

"친구의 친구는 친구인 거 알죠? 쟤가 워낙 순해 빠져서 맘속
에 있는 말을 잘하지 못해요."

덕근과 동욱이 빙그레 웃었다.

"술 마셨다고 못 하는 소리가 없어. 얼른 일어나."

입을 벌린 채 주인 여자가 그녀를 붙잡아 일으키려 했다.

"그래, 이 불쌍한 여편네야! 가라면 간다. 그런데 아들보다는
네가 먼저야. 숙맥처럼 제 앞가림도 못하는 년이."

주인 여자가 얼굴을 붉혔다. 갈색 파마는 아직도 어리둥절해
있는 덕근에게 잔을 따라주며 가볍게 건배했다.

"어이, 아저씨! 한잔 마시고 멋쟁이 누나와 노래방 가자. 응?"

그녀는 눈을 찡긋한 뒤 잔을 비웠다. 덕근도 천천히 잔을 비우
더니 씩 웃으며 자리에서 일어났다. 동욱도 마지못해 따라나섰
다. 덕근이 문턱을 넘으며 형준에게 한쪽 눈을 찡긋했다. 바깥에
바람이 센지 갈색 파마가 실버들처럼 휘청거렸다.

형준과 주인 여자는 술집에 덩그러니 남았다. 갑자기 빈 술집

에 둘만 남으니 서먹했다. 여자는 탁자 위 빈 잔을 만지작거렸다. 형준은 반쯤 어두워진 실내를 둘러보았다. 한쪽 어두운 구석에 냉장고의 푸른 불빛이 깜박였다. 곧이어 냉장고가 윙윙거리며 울어댔다. 입구 문이 덜 닫혔는지 찬바람이 들어오며 삐걱거렸다. 종잡을 수 없는 소리가 울리면서 둘 사이의 서먹한 공기를 밀어냈다. 실비집이 바닷가 나룻배처럼 붕 떠 있는 느낌이다.

"남쪽 바닷가에는 지금쯤 동백이 피었겠지요."

"이른 동백은 벌써 피었을 거예요."

형준이 여자를 바라보며 슬그머니 웃었다. 갑자기 아주 어릴 때 생각이 났기 때문이다. 여자가 왜냐는 듯 물끄러미 쳐다보았다.

형준은 TV나 그림책이 거의 없던 시골에서 살았다. 아마 입학 전이었을 것이다. 사촌 누나 결혼식이었다. 혼수로 준비한 이불을 짊어지기로 했는데 나이 든 형들에게 밀렸다. 기분도 우울한데 날씨마저 잿빛 눈이 흩날렸다. 이불을 어깨에 멘 형들을 부러운 듯 보고 있었다. 시간이 되자 신부가 탄 가마가 들어왔다.

가마 위로 빨간 꽃들이 시퍼런 신우대와 어우러져 붉게 타고 있었다.

"장미다!"

보자마자 형준은 속으로 외쳤다. 순전히 상상만으로 그 꽃이 장미라 생각했다. 동백꽃은 형과 누나가 빌려온 소설 속의 장미와 비슷했다. 멋있었다. 신부와 함께 있으니 더욱더 그렇게 보였다. 겨울 추위 때문인지 빨간 꽃잎 속의 노란 꽃술은 한층 더 선명하고 우아했다. 꽃의 여왕이 괜히 헛된 이름이 아니라고 생각했다. 그것이 동백꽃이란 것을 알게 된 것은 훨씬 나중이었다.

이야기를 듣고 난 주인 여자가 싱긋이 웃었다. 형준은 지금도 장미보다 동백꽃을 더 좋아했다. 장미의 뚜렷한 모양보다 동백꽃의 여리고 붉은 이미지가 마음에 들었다. 형준이 여자를 쳐다보았다. 그녀는 잔을 만지는 척하며 눈길을 피했다. 둘은 남쪽 고향을 떠나 서울에서 버렸던 삶을 이야기하곤 했다. 여자는 하나뿐인 아들 때문에 일찍이 남편과 헤어져 살았다며 먼 바닷가를 그리워했다. 형준의 가슴 밑바닥에서 잠시 스러졌던 술기운이 다시 밀물처럼 철썩였다.

"이제 다시 아들과 함께 살기로 했어요."

여자는 무슨 말을 더하려는 듯 형준의 눈을 빤히 쳐다보았다. 형준이 술기운을 쫓으려는 듯 머리를 흔들었다.

다시 지붕 위에서 나뭇가지 흔들리는 소리가 들린다. 남녘 바다 물결이 출렁인다. 바다를 건너온 바람은 바닷가 동백 숲을 휘감는다. 바람은 강줄기를 따라 불어온다. 냇가를 지나 실개천을 타고 속력을 높인다. 어느새 베어 버렸던 술집 뒤 느티나무 주위

를 맴돈다. 바람은 나뭇가지 끝에 숨은 겨울눈을 어루만진다. 바
람에 실려 온 동백꽃 향기가 실비집 지붕 위로 내려앉는다. 형광
등 불빛 때문인지 여자의 머릿결이 동백 잎처럼 반짝인다. 형준
이 가만히 손을 대본다. 매끄럽다. 귓불을 만져본다. 동백꽃 향
기가 퍼지며 형준의 콧등을 간질인다. 술 때문인지 향기 때문인
지 머리가 어지럽다.

　형준은 갑자기 요의를 느껴 밖으로 나왔다. 하늘은 금세 눈이
라도 쏟아질 듯이 낮게 내려앉았다. 오줌을 누고 나자 찬 날씨 때
문인지 몸이 부르르 떨렸다. 바지를 추켜올리려다 자연스레 느
티나무에 눈길이 멈췄다. 나뭇가지 사이로 보이는 시커먼 하늘에
희끗, 눈 한 송이가 빗금을 그으며 떨어졌다. 실비집으로 들어오
려는데 저만치 전봇대 뒤에 사람의 기척이 느껴졌다. 문을 열고
안으로 들어왔다.

　실내는 새파란 동백들이 얽히고설킨 숲으로 바뀌었다. 머뭇머
뭇 안으로 걸음을 떼자 형준의 뒤로 쑥쑥 자란 동백 가지가 출입
문을 덮는다. 갯바람에 씻긴 동백 잎이 반질반질하다. 나뭇가지
위에 동박새 한 마리가 오들오들 떨며 깃털을 매만진다. 형준을
보자 반갑게 날갯짓하며 다가온다. 형준도 포르르, 한 마리 수컷
이 된다. 꽃술을 입에 물고 가지 위로 날아오른다. 암컷이 작은
날개를 털며 수컷을 반긴다. 수컷이 입에 문 꽃술을 암컷에게 먹

여준다. 암컷의 주둥이에 자기 주둥이를 비빈다. 수컷이 날아올라 작은 날개를 벌새처럼 털어대며 암컷을 희롱한다. 암컷도 홍홍홍, 날아오른다. 둘은 낭창낭창 흔들리는 나뭇가지 사이로 울며 날아다닌다. 암수 동박새가 커다란 꽃 속에 머리를 들이박고 몸부림을 친다. 어느새 여자는 형준의 귀를 끌어당기며 뜨거운 숨을 내뿜는다.

확, 동백나무 가지가 젖힌다. 실비집 안으로 차가운 바람이 들이친다.

"아니야, 엄마. 하지 마! 하지 마!"

젊은 사내였다. 주인 여자가 후다닥 몸을 일으켰다. 여자의 아들은 어느새 두 사람 가까이 와 있었다. 형준과 여자 아들의 눈이 마주쳤다. 그의 눈동자에 초점이 없었다. 정면을 보지 못하고 옆을 응시했다. 형준이 늘 마음에 걸려 명치끝에 시큰대는 딸의 눈동자와 닮았다. 형준은 급히 일어나려다 동백나무 가지에 머리를 부딪쳤다.

"엄마, 지금 아저씨와 결혼하는 거야? 싫어! 하지 마! 하지 마!"

"어이구, 아들. 미안해. 엄마가 깜빡했나 봐!"

여자는 아들을 어린애처럼 달랬다. 무안해진 형준은 슬그머니 밖으로 나왔다. 등 뒤에서 여자가 길게 한숨을 내쉬었다. 형준은 그것이 한숨인지 흐느낌인지 가늠할 수가 없었다.

우중충한 하늘은 낮게 처져있었다. 형준은 이미 술기운이 달아났지만 선뜻 집으로 돌아가지 못하고 서성거렸다. 여자의 화장품 냄새가 아직 코끝에 얼얼했다. 손끝에도 머리카락의 감촉이 온전히 남았다. 골목 어귀 전봇대에 기대어 우두커니 서서 실비집을 바라보았다.

얼마나 시간이 지났을까. 불을 끄고 나온 여자가 문을 닫았다. 여자가 형준이 서 있는 쪽을 잠시 바라보더니 아들의 손을 잡고 돌아섰다. 여자는 아들을 데리고 비탈길을 올라갔다. 하늘은 곧 눈이 내릴 듯 시커멓게 변해 있었다. 길을 오르는 두 사람의 모습이 마치 어디서 본 듯한 화면처럼 선명했다. 형준의 눈앞에 있는 모든 사물이 찰칵, 한 장의 사진 속처럼 움직임을 멈췄다. 그의 손은 자연스레 스마트폰을 만지며 딸과 아내를 생각했다. 다시 고개를 들어 허공을 쳐다보았다. 정지된 사진 속에는 느티나무의 잔가지가 희미하게 뻗어 있었다. 가느다란 가지 끝에 눈 한 점이 내려앉았다. 여린 가지가 부러지며 부스러기가 낮은 슬레이트 지붕 위로 날렸다. 두 사람의 뒷모습이 점점 작아질수록 낮은 하늘에는 잘게 부서진 흰 점들이 쉴 새 없이 날렸다. 시야는 어느새 **빽빽**하게 들어찬 싸락눈으로 가득했다. 실비집은 눈 속에 조용히 꿈을 꾸고 있었다.

검은등뻐꾸기

검은등뻐꾸기

　허청댁은 사위가 꼭 평범한 것들을 진지하게 말하는 버릇이 있다고 생각했다. 그것들은 별로 특이한 것이 없었다. 하지만 사위의 얘기를 듣다 보면 마음이 점점 수긍하는 쪽으로 기우는 것을 막을 수 없었다. 이번 일도 마찬가지였다.

　"대밭에서 이상한 새소리가 들리네요."

　허청댁이 듣기에는 다른 새 울음과 별로 다를 것이 없었다. 하지만 사위는 계속 대숲을 보면서 고개를 갸웃거렸다. 평상시에도 새들은 집 뒤 대숲에서 끊임없이 울었다. 가끔 독특하게 우는 새도 있었다. 그렇지만 허청댁에게 그런 새 울음도 특별히 구별할 필요가 없었다. 그녀에게 새는 그냥 자연의 한 부분에 지나지 않았다.

서울 사는 딸네 가족이 기별도 없이 내려왔다. 밭에서 일하던 허청댁이 잰걸음으로 집으로 왔다. 사위는 인사를 건성으로 하면서 대숲 새소리에 귀를 기울이고 있었다. 주방에서는 바지런한 딸이 저녁 식사를 준비하고 있었다. 그때 대숲에서 뱃고동처럼 뿌우, 하는 소리가 울렸다. 평상시에 듣던 새 소리와는 달랐다.

"금메 말이시. 가끔 요상한 새가 울기는 하는데 어디 촌사람들이 그런데 신경을 쓰고 그런당가. 별난 새가 다 날아와서 울어 싸긴 해."

사위는 방 안으로 들어가자는 허청댁의 말에는 대답도 없이 여기저기 집 주위를 살폈다.

"장인 어르신이 계시지 않아서인지 집이 썰렁하네요."

듣고 보니 왠지 집안이 서늘하게 느껴졌다. 허청댁은 그냥 대숲 그늘 때문이라 생각했다. 문득 남편을 실은 상여가 뒷등을 넘은 지 엊그저께 같은데 벌써 이태가 지났다는 것을 알았다. 사위가 다시 새 이야기를 했다.

"장모님 걱정돼 장인어른이 새가 되어 오셨는가 보네요."

"마, 괜한 소리 하지 말고……."

사실은 허청댁도 며칠 전에 저 새 울음을 들었다. 그날도 혼자서 밭일을 하다가 점심때가 되어 집으로 돌아왔다. 방문을 열자 남편이 없는 텅 빈 방에서 냉기가 흘러나왔다. 몸이 저절로 부르르 떨렸다. 허기가 졌지만 혼자 밥을 차려 먹는 것조차 귀찮았다. 남편이 살아 있다면 으레 밥상을 차렸을 텐데, 하면서 처음으로 남편의 죽음이 희뿌연 새벽녘의 허전함처럼 명치끝을 건드렸다. 부엌에 선 채로 찬물에 밥을 말아 김치 몇 조각을 얹어 먹고 그냥 텅 빈 방에 누워 있었다. 베개도 없이 잠깐 눈 좀 붙이자고 생각했는데 깜박 잠이 들었다. 대숲 너머 멀리서 아이들이 고무 인형을 누르는지 계속해서 뿌뿌, 하는 소리가 났다. 선 잠결에 무슨 소리지? 하면서 몸을 뒤척였다. 잠시 뒤에 대숲에서 비슷한 소리가 들렸다.

"뿌 뿌 뿌, 뿌우."

여태 들어본 적이 없는 새 울음이었다. 하지만 잠깐 그렇게 생각했을 뿐 다시 밭에 나가면서 까맣게 잊어버렸다. 사위의 얘기를 듣고서야 그때 생각이 났다.

아직 해가 남아 있었다. 남편의 묘가 있는 밭으로 딸과 봄나물을 캐러 갔다. 집 뒤 언덕에서 바라본 바다는 한걸음에 닿을 듯 가까웠다. 눈앞에 펼쳐진 논에는 어린 초록의 벼들이 바람에 하늘거리고 있었다. 주위 마늘밭에는 바람이 불 때마다 보리를 심어놓은 것처럼 푸른 마늘잎들이 넘실거렸다. 나물을 캐고 있는데 조금 떨어진 숲에서 조금 전 집에서 들었던 새 울음이 들렸다.

"새가 특이하게 울기는 하네. 뿌뿌하는 것이 트럼펫 소리 같기도 하고."

새 소리를 듣고 있던 딸이 중얼거렸다.

"트럼펫?"

"응, 엄마. 뭐 좀 큰 나팔 같은 거……."

"하영 아빠는 너희 아부지가 혹시 새가 되어 돌아온 것이 아니냐고 하더라."

허청댁은 그냥 지나가는 소리로 말했다. 그 말을 들은 딸이 새가 우는 숲 쪽으로 살금살금 다가갔다. 인기척에 새 울음은 그쳤는데도 한참을 이리저리 기웃거리더니 웃으며 돌아왔다.

"아무리 찾아봐도 없네. 울 엄마 속 썩인 아버지 얼굴 좀 보려고 했더니."

딸이 밭으로 돌아오자 다시 건너편 숲 쪽에서 새가 울기 시작했다. 이제는 다른 새인지 휘휘휘, 휘요 하며 울었다. 왠지 철없이 까부는 계집애가 웃는 듯했다. 다른 새도 주위에서 자발스럽게 울어댔다. 어쩌면 예전부터 울던 새 소리인데 남편이 떠난 후로 마음이 허전하여 별나게 들리는 게 아닐까 생각했다. 남편이 죽은 후 그 존재를 차츰 잊어 가고 있었고, 혼자 사는 것에도 어느 정도 익숙해지고 있었다. 그런데 그저 사위의 한마디에 마음속 깊은 곳에서 찬바람이 이는 것을 허청댁은 이해할 수 없었다.

갑작스레 상을 치를 때도 그랬지만 허청댁은 남편의 죽음이 현실로 느껴지지 않았다. 염습 중에 사위가 마지막이니 얼굴이라도 한번 보라고 할 때도 그냥 평상시처럼 멍하니 바라보기만 했다. 살아 방구석에서 곰방대만 뻐끔거릴 때나 죽어 수의를 입고 누워있을 때나 별반 차이가 없어 보였다. 상을 치렀던 삼 일간이 순식간에 지나갔다. 그리고 아무 일도 없었다는 듯이 남편은 대숲을 지나 허청재 너머 밭 가장자리에 묻혔다. 초상을 치른 다음날 다섯 딸과 사위들도 제각각 돌아가고 아들 옥남만 남았다.

"너는 언제 갈려고 그러냐?"

"며칠 더 있다 가려고요. 엄마 혼자서 어떻게 지낼까 걱정돼서."

허청댁은 가만히 아들을 쳐다보았다. 물론 처음 봤을 때도 다른 여자의 뱃속에서 난 자식이라 생각지 않았다. 아들이 나이가 들어서도 다섯 명의 딸들과 다르다는 느낌이 들지 않았다. 허청댁을 생각해서 며칠 더 머무르려 하는 그가 오히려 자신의 배로 낳은 딸들보다 더 살갑게 느껴졌다.

이제 구레나룻이 보이기 시작하는 아들의 얼굴을 보고 있으니 녀석이 열 살쯤에 있었던 일 하나가 떠올랐다. 그가 친구들과 대숲 너머 허청재 아래 절벽에서 어린 새 한 마리를 잡아 왔다. 덩치가 비둘기 새끼보다 조금 더 컸는데 아직 몸에 노란 솜털이 보송보송했다. 샛노란 부리를 쩍쩍 벌리며 끊임없이 먹이를 달라고 울어댔다. 목구멍 속은 짙은 주홍빛이었다. 부리 가까이에 손을 대면 먹이인 줄 알고 손가락을 꽉꽉 물었다. 낳자마자 데려온 아들이 젖을 달라고 보채던 모습 그대로였다. 갑자기 함께 있던 애들이 대숲을 가리키며 소리쳤다.

"야, 야! 아까 그 어미 새가 여기까지 따라왔어. 봐, 봐!"

대숲 울타리 사이로 자그마한 뱁새 두 마리가 부산스럽게 날며 울어댔다. 허청댁은 얼른 아들에게 어린 새를 둥지에 갖다 놓으라고 일렀다. 뻐꾸기가 제 새끼를 뱁새의 둥지에서 키운다는 말이 떠올랐다. 주위를 둘러보았다. 뻐꾸기의 모습은 보이지 않고 가까운 곳에서 끊임없이 뱁새 우는 소리만 들렸다. 그때부터 자신이 어쩌면 뱁새 처지가 아닐까 하는 생각이 들기 시작했다. 먼 산에서 뻐꾸기가 울어대면 괜히 허청댁의 가슴이 벌렁거렸다. 가슴 밑바닥에서는 서늘한 바람이 끊임없이 불었다.

이틀 밤을 더 보내고 아들마저 직장이 있는 서울로 떠나갔다. 허청댁은 모두 떠나버린 후에도 자잘한 뒤처리로 또 며칠을 정신없이 보냈다. 조금 한가해지자 옆자리 남편의 공백이 조금씩 보이기 시작했다. 주위에 무엇이든 움직이는 것이 있었으면 싶었다. 지금까지 같은 공간에 살면서도 남편의 존재감을 느끼지 못했다. 오십 평생 따뜻한 말 한마디도 듣지 못했다. 남편은 꼼지락거리는 것마저 싫어했다. 오직 담배를 피울 때만 부스럭거렸다.

그런데도 막상 저세상 사람이 되니 그것마저 아쉬웠다. 온기 있고, 살아 움직이는 조그마한 어떤 것이 그리웠다.

밤늦게까지 잠을 자지 못한 날들이 늘어났다. 밤이 깊으면 주위에 서성이던 바람이 하나둘 대숲으로 스며든다는 것도 그때야 알았다. 혼자 누워 있으면 바람의 움직이는 소리가 저절로 들렸다. 주위에서 웅성거리던 바람도, 멀리 허청재를 지나가던 바람도 밤이면 쉬어 가려는지 모두 집 뒤 대숲으로 스며들었다. 밤 내내 많은 바람을 품은 대숲이 새벽녘에야 조용해지면 허청댁은 그때야 비로소 잠이 들었다.

처음 사위의 말을 들었을 때 당연히 곧이곧대로 믿지는 않았다. 허청댁은 혼자 사는 늙은이를 위로하려는 말이라 치부했다. 하지만 모두 떠나고 혼자 남아있자 차츰 대숲 새가 우는 소리에 신경을 쓰고 있는 자신을 발견했다. 전보다는 더 자주 들렸고, 더 생생했으며, 왠지 자신에게 말을 거는 것 같고, 같은 새도 시시때때로 다른 소리로 운다는 것도 알게 되었다. 혼자 생활하는 날이 늘어나면서 마음속 깊은 곳에 가라앉아 있던 응어리가 스멀거리는 것을 느껴졌다. 아주 오랫동안 잊고 있었던 아픔이 꾸물거리면서 자꾸 눈물이 흘렀다.

날마다 겨우 잠이 들었지만 전과 다르게 매번 꿈을 꾸었다. 꿈속에 어린 여자애가 가파른 시골길을 혼자 걸어가고 있었다. 자신의 어린 시절 모습처럼 느껴졌다. 곧 비가 오려는지 주위가 시커멓게 어두워졌다. 멀리 길이 구부러지는 곳에 큰 나무가 있었고 산 아래에 저수지도 보였다. 그제야 허청댁은 그 어린아이가 누구인지 알 수 있었다. 그녀는 서둘러 뒤따라가서 여자애의 소맷자락을 잡았다. 순간 비가 쏟아지기 시작했다. 비를 피하려 둘은 급히 나무 아래로 뛰어들었다. 갑자기 어둠 속 하늘에서 번개가 번쩍하더니 나무 전체가 찌르르 빛을 뿜으며 떨었다. 그 순간 꺅, 찢어질 듯 외마디 소리를 지르며 시커먼 새가 하늘로 날아올랐다.

일어나 보니 몸에 식은땀이 흥건했다. 새벽이었다. 잠잠하던 대숲이 후욱, 갑자기 큰 기지개를 켜며 바람을 토해냈다. 그 소리에 대숲에 잠자던 새들이 후다닥 하늘로 솟구쳐 올랐다. 허청댁은 그냥 덩그러니 누워 날이 밝을 때까지 꿈속의 일을 곰곰이 생각했다.

딸네 가족은 아침부터 금탑사에 간다며 부산했다. 금탑사는 천등산 아래 하나뿐인 절이다. 허청댁은 언제 절에 갔는지도 가물가물했다. 요즘은 마을 사람 대부분이 교회를 다니고 있어 허청댁이 혼자 절에 가려 하면 왠지 낯설었다. 딸과 사위가 자기들도 절집에 가본 지 오래됐다며 같이 가보자고 했다. 처음에는 절에 갈 마음이 전혀 없어 손사래를 쳤다. 하지만 마음 깊은 곳에 가라앉아 있는 어떤 응어리가 부처님 얼굴을 보고 싶어 했다. 꿈자리가 불편한 것도 자꾸 마음에 걸렸다.

열여덟 살 자폐아인 하영은 차 안에서 한시도 쉬지 않고 조잘거렸다. 항상 무슨 뜻인지도 모르는 말을 자기 혼자 말하고 스스로 소리 내어 웃었다. 예전에 가족 모임에서 했던 말들을 기억해내 그대로 반복했다. 누구든지 호응해주면 손뼉을 치며 좋아했다. 자동차는 이웃 면面과 경계를 이루고 있는 고개를 오르고 있었다.

"엄마, 이 재 이름이 뭐더라?"

"허청재라고 해, 허청재…….."

딸이 무엇인가 생각난다는 듯이 물었다.

"그랬지. 동네 사람들이 엄마보고 허청댁이라고 부르는 까닭이 이 재 때문이었지. 금탑사 뒤 세동 마을이 외갓집인데 왜 그렇게 부르는가 했네."

"썩을 넘의 너희 아부지 때문에 그렇게 되었제, 왜 그러긴 그랬다야."

허청댁은 연달아 딸 다섯을 낳았을 때는 이미 마흔이 다 되어 있었다. 집안에서는 종가댁이니 대를 잇기 위해 사내애를 잘 낳는다는 여자를 물색했다. 허청재 뒤쪽의 아랫마을에 사는 여자였다. 고개 하나 사이지만 소재지와 생활권이 달랐다. 남편은 그 마을에서 얼굴도 생판 모르는 여자와 석 달을 같이 보냈다. 그동안 허청댁은 밤마다 고개에 올라갔다. 정상의 판판한 바위 위에서 불빛이 희미하게 비치는 아랫마을을 내려다보다가 새벽이면 돌아오곤 했다.

허청댁은 싫은 내색을 할 수가 없었다. 또한, 그럴 처지도 아니었다. 집안사람들이 원하는 아들을 낳지 못해서도 그랬지만, 재가하기 전에 사별한 전 남편과의 사이에 둔 딸 때문이기도 했다. 그 후로 한 번도 만나지 못한 딸이 엄연히 다른 한쪽 끈을 당기고 있었다. 물론 남편이나 집안사람들도 아는 사실이었다. 허청댁은 다만 속으로 삭이면서 밤마다 재에 올랐다가 새벽녘에야 집으로 돌아오는 일을 반복했다. 그런 모습을 본 동네 사람들이 자기들끼리 뒷말로 허청댁이라 소곤거리기 시작했다.

소문을 증명이라도 하듯이 그 여자는 진짜로 아들을 낳았다. 정을 끊는다고 낳자마자 집으로 데려왔다. 키운 정이 낳은 정보다 더 깊다는 말을 위안으로 삼았다. 뱃속으로 직접 낳은 딸들보다 더 살뜰하게 보살폈다. 기저귀를 갈 때마다 곱슬곱슬한 불알을 가진 어린 것이 이렇게라도 자기 곁에 있다는 사실에 감사했다.

"뭐 하러 재에는 올라갔어, 엄마는."

딸의 크고 까만 눈동자에 눈물이 글썽거렸다.

"무담시 올라가 봤어. 사람들이 저 아래가 거기라고 해서……."

"살면서 맨날 서로 잡아먹을 듯이 쌈만 하든 마는. 그리고 아부지 죽은 후에 괜히 새소리에 신경이나 쓰고……."

딸은 입을 앙다물며 금방 눈물을 흘릴 것처럼 말했다. 하영이 어리둥절하며 자기 엄마와 외할머니를 쳐다보았다.

"나는 아무렇지도 않은데 윤 서방이 괜히 새 이야기를 해서 그랬제. 언제 내가 그랬가니……."

"엄마는 아버지가 밉지도 않아?"

"어쩌끄야. 옛날에는 다 그렇게 함께 너희 아부지도 따라 했겄제."

그 시절에는 밖에서 아들을 품어오는 것을 당연한 것으로 여겼다. 허청댁은 죽은 남편 생각을 하면 한편으로 안쓰러웠다. 남편이 딴 여자에게서 아들을 봐왔기 때문이 아니었다. 자신은 살아 있고, 남편은 이 세상에 존재하지 않는다는 것, 생전에 전혀 생각지도 못한 그 사실이 마음을 쓰라리게 했다. 혼자 남아 있다는 것, 그 자체가 괜히 어색했다. 발이 공중에 떠 있는 기분이었다. 정은 없었지만 부대끼고 살았던 존재가 사라졌다는 것이 마음을 허허롭게 했다. 이상한 일이었다. 살아서 자신을 힘들고 귀찮게 한 남편이었는데도 자신만 살아있다는 그것만으로 오히려 남편에게 미안한 마음이 들었다.

고개 정상의 바위 아래를 지나자 하영이 시선을 끌려고 자기 엄마를 돌아보며 크게 외쳤다.

"엄마! 엄마! 엄마랑 여기 지날 때 그랬지. 근심 걱정하지 마십시오, 안근심. 하하하……."

안근심은 허청댁의 이름이다. 짐작하건대 이곳 바위 아래를 지나면서 딸과 손녀가 허청댁의 이름을 말하자 그 이름이 하영에게 독특하게 들렸던 모양이다. 가만히 살펴보면 하영은 특정한 장소에 얽힌 기억이 소리를 매개로 입 밖으로 나타났다. 같은 장소를 지나칠 때마다 똑같은 소리를 반복하는 것이 그렇게 보였다. 꼭 다른 애들보다 특정 부분에 민감하다고 해서 자폐라고 규정해도 되는지 의구심도 들었다. 다만 반복적으로 하는 말이나 행동에 허청댁의 마음이 꺼림칙한 것은 어쩔 수 없었다.

정상의 너럭바위에도 아들과 허청댁의 흔적이 남아 있었다. 녀석이 중학교 삼 학년 때였다. 언제부터인지 아들은 허청댁과 마주치면 눈길을 피했다. 밥상 앞에서도 고개를 들지 않았다. 밤에는 잠을 자지 못하고, 벽을 치며 한숨 쉬는 소리도 들렸다. 집을 빠져나가 들판을 쏘다니다가 새벽이 다 되어 들어오는 횟수가 잦았다. 처음에는 사춘기여서 그러는 줄 알았다. 하지만 생각보다 오래가자 그녀는 아들에게 무슨 사달이 났다고 생각했다.

하루는 달도 밝고 일도 손에 잡히지 않아 아들을 찾아 나섰다. 녀석이 저러는 것이 왠지 자기 때문이란 자책감이 앞섰다. 환한 달빛마저도 죄스러워 그늘진 담 밑으로만 발을 디뎠다. 또래 애들의 집부터 찾아 나섰지만 모두 자는지 불이 꺼져 있었다. 몇 군데 더 들렀는데도 마찬가지였다. 그 또래 애들의 기척은 동네 어디에도 없었다. 다른 동네로 밤마실을 갔을까 궁금해하면서 발길은 저절로 허청재로 향하고 있었다. 고개에 올라 갯바람이라도 쐬고 오려는 생각이었다.

허청댁이 고갯마루에 이르자 바위 위에 희미한 인기척이 보였다. 주춤거리는 모습이 아들이 분명했다. 그쪽에서도 머뭇머뭇 일어서는 것이 당황한 기색이었다. 갯바람이 불어오는 바위에 아들 녀석이 예전의 자기처럼 아랫마을 불빛을 내려다보고 있었다. 아들은 고개를 숙인 채 아무 말 없이 허청댁 앞에 서 있었다. 허청댁도 아무 말을 할 수가 없었다. 아니 딱히 할 말이 생각나지 않았다. 번연히 알고 있는 사실을 아들도 그렇고 자신도 다만 입 밖으로 드러내어 확인하지 못할 뿐이었다. 함께 내려오는 고갯길은 허청허청 내려오던 그때보다 더 다리가 후들거렸다. 만조인지 바다 쪽에서 부는 바람에 잔뜩 소금기가 배어 있었다.

그날 이후로 그 일에 대해 서로 아무 말도 하지 않았다. 물론 남편한테도 얘기하지 않았고 또 할 필요도 없었다. 남편이란 사람은 아들의 마음이 어떤 상태인지 집안이 어떻게 돌아가는지 관심조차 없었다. 제사 지낼 아들 하나 만들어 놓았으니 자기 할 일은 다 했다는 듯 컴컴한 방에서 곰방대만 물고 있었다.

아들은 더 자주 밤이슬을 맞으며 돌아다녔다. 감나무 잎에 달빛이 통통, 튕기던 어느 날 밤, 녀석은 기어코 사실 여부를 물었다.

"너도 이미 다 알고 있지 않으냐. 사실이 그런데 인제 와서 어쩔 것이냐?"

인정하고 나니 뻐꾸기 새끼를 잡아 왔던 때처럼 가슴이 서늘해지면서 온몸이 점점 졸아드는 느낌이 들었다. 더는 숨길 수도 또 숨겨서도 안 되는 막다른 상황이었지만 그래도 하지 말아야 할 말을 했나 하는 생각이 들었다. 다 아는 사실이라도 직접 확답을 듣고는 혹시나 기대했던 실낱같은 희망을 잃고 자포자기 심정으로 무슨 일을 저지를 것만 같았다. 우려가 현실로 나타났다.

"그런데 왜 진작 나한테 알려주지 않았소, 왜?"

마치 기다렸다는 듯이 아들은 헛간으로 뛰어 들어가 곡괭이를 들고 나왔다. 감나무 아래 우물가로 가더니 장독대를 사정없이 부수기 시작했다. 독이 깨지자 시커먼 장이 마당으로 흘러내렸다. 계속해서 나란히 놓인 장독을 차례로 깨부쉈다. 속이 빈 독의 파편이 달빛 아래 번쩍이며 사방으로 튀었다. 그제야 방 안에 있던 남편이 무슨 일인가 하고 밖을 내다보았다. 장독대를 깨부수는 아들을 보고 고래고래 소리를 지르며 뛰어나왔다. 그래도 녀석의 곡괭이질은 멈추지 않았다. 허청댁이 울며불며 아들의 허리를 붙잡았다.

"에미가 잘못했다. 아들아, 이 에미가 잘못했어."

아들은 곡괭이를 땅에 짚고 하늘을 쳐다보며 끄윽끄윽 울기 시작했다.

"왜, 왜 그랬어. 엄마가 낳지 왜 그 여자가 낳게 했어…… 왜!"

그제야 사태의 전모를 파악한 듯한 남편이 죽일 놈 살릴 놈 하면서 아들에게 달려들었다. 아들은 곡괭이를 내팽개치고, 허청댁의 손을 뿌리치더니, 담장 위로 올라가, 늘어진 감나무 가지를 타고 지붕으로 올라갔다. 이슬에 젖은 기와에 몇 번 미끄러지더니 간신히 용마루에 올라탔다. 소리를 지르며 기왓장을 뜯어 마당으로 내던지기 시작했다. 깨진 장독과 쏟아지는 기왓장 조각으로 어느새 마당은 난장판이 되었다. 기왓장을 던지던 아들은 지쳤는지 용마루에 엎드려 한참을 흐느꼈다. 지붕 위 달은 세상일에 손톱만큼도 관심 없다는 듯이 무심히 흘러가고 있었다.

허청댁은 고통스러워하는 아들을 어떻게 달래야 할지 도통 갈피를 잡을 수 없었다. 곡괭이를 치우고 깨진 장독 조각을 쓸어 담으면서 문득 아들의 생모는 지금 어디에 살고 있는지 궁금해졌다. 이제 둘을 만나게 해줘야 할 때가 되지 않았나 싶었다. 밤이 이슥해지자 마당으로 내려온 아들은 고개를 숙이고 서 있더니 허청댁의 쪼그라든 가슴으로 파고들었다.

"그래도 나는 우리 엄마만 엄마라고 할 거야. 지금 엄마만……."

허청댁은 아들의 등을 토닥토닥 두드려주었다. 생각보다 아들의 등은 넓고 판판했다.

"처남 생모는 지금 어디 계신답니까?"

사위가 백미러로 뒤를 살피면서 조용히 물었다. 어느새 허청댁의 눈가는 촉촉해져 있었다.

"서울 어디 산다고 하던데 모르겠네. 첨에 몇 번 보고는 그 뒤로 한 번도 본 적이 없어."

사위가 다 듣고 있었다는 생각을 깜박 잊고 있었다. 좋지 않은 집안일들을 다 들춰 보여 민망했다. 딸이 끼어들었다.

"예전에 엄마 당뇨 때문에 병원에 입원해 있을 때 시골집에 왔었어."

그때 남편 식사 때문에 딸이 며칠간 시골에 내려왔던 적이 있었다. 몇 년 전인지도 가물가물했다.

"음마, 옥남이가 대여섯 살 된 뒤로 코빼기도 비추지 않기에 내심 고마웠는데, 영감하고는 서로 연락하고 있었는가 보네."

"여름에 옥남이가 마루에서 자고 있는데 그 여자 분이 찾아왔 어."

아들의 생모 이야기에 허청댁도 다음 이야기가 궁금해졌다. 딸은 그때 그 상황이 지금도 어색한지 '그 여자'라 하면서 약간 더 듬거렸다.

"잠이 덜 깬 상태에서 처음 자기 엄마를 만난 옥남이는 상당히 계면쩍어했어. 부스스한 얼굴로 뒷머리만 긁적이면서 어쩔 줄 몰 라 했거든. 그 여자 분도 가만히 보기만 하고."

아들의 생모는 마루에 걸터앉더니 담배를 꺼내 길게 연기를 내뿜으며 먼 산만 바라보더라고 했다.

"다음날 그 여자가 가고 나자, 아씨, 미쳐버리겠네. 누나, 나 어쩌면 좋아, 하면서 몹시 괴로워했어."

딸은 그때 상황을 엊그제 일어난 것처럼 생생하게 말했다.

하영 어미의 얘기를 듣다 보니 허청댁의 머릿속에도 그만그만 한 그림이 그려졌다. 방안에 들어앉아 문만 열어놓고 곰방대를 피우며 헛기침하는 남편의 모습도 선했다.

"나도 뭐라고 말도 못 하고 온몸만 부들부들 떨었어. 더구나 담배도 피우고 차림새를 보니 그리 넉넉해 보이지도 않은 것 같 아서……."

허청댁은 자기도 모르는 그런 일이 있었구나, 하며 창밖으로 고개를 돌렸다. 차는 어느새 내리막길을 지나 평평한 도로로 접어들었다.

"그런데 엄마. 어버이날 부산 사는 언니한테서 전화 왔어?"

하영 어미가 말하는 부산 언니는 허청댁과 전 남편 사이에서 낳은 딸이다.

"걔가 왜?"

혹시 자신이 모르고 있는 좋지 않은 일이 생겼나 싶어 가슴이 덜컥였다.

"안 온 모양이네. 혹 어버이날이라 전화했나 싶어서 그래."

근래 부산 사는 딸에게서 통 소식이 없었다. 남편이 떠난 뒤늘 마음이 뒤숭숭해 넋을 놓고 있었는데, 갑자기 부산 딸 이야기를 듣자 자주 꿈속에 나타나는 장면들이 되살아났다. 비록 딸과 연락이 닿고는 있지만, 젖먹이 때에 떼어놓고 온 것 때문에 가위눌린 꿈을 꾸는지도 몰랐다. 무엇인가 헛살아 온 것 같아 다리에서 피가 쑤욱, 빠져나가는 듯했다.

허청재를 지나면 논밭이 펼쳐진다. 모내기를 끝낸 지 오래되지 않은 논에 푸른 벼들이 하늘을 향해 쭈뼛쭈뼛, 키 재기를 하고 있었다. 밭에는 벼보다 더 진한 초록색의 마늘이 수확을 기다리고 있었다. 마늘의 출하 시기인 오월이었다. 그 위로 연한 옥색의 하늘이 깔려있었다.

"어휴, 소똥 냄새다."

또 손녀 하영이 큰소리를 치고는 깔깔거리며 웃었다. 지금은 논밭에 거름을 내는 시기가 아니니 손녀가 소똥 냄새를 맡았을 리가 없었다. 어쩌면 하영과 하영 어미는 마늘밭에 퇴비를 하는 가을쯤에 이곳을 지났을 성싶었다. 그때 맡은 냄새와 누군가의 목소리를 기억해 두었다가 이곳을 지나자 자동으로 '소똥 냄새'라고 표현하는 것이 틀림없다. 아니나 다를까, 사위가 백미러로 허청댁을 보며 하영은 이곳을 지날 때마다 저렇게 말한다고 했다. 이럴 때 보면, 하영은 특정한 장소의 사물을 접하면 특이한 냄새로 기억되어 그때의 상황을 돌이키는 모양이다. 청각이나 후각이 그만큼 예민하다는 것이지만, 허청댁에게는 언제나 판 박은 듯한 말과 행동이 여전히 이해할 수 없는 부분이었다.

다섯 딸 중에서 하영 어미가 허청댁을 가장 많이 닮았다. 심성도 그렇지만 얼굴이나 걸음걸이 그리고 음식을 만들어 내는 것도 거의 판박이였다. 허청댁도 그런 하영 어미에게 더 마음이 쓰였다. 하지만 딸 많은 허청댁은 언제나 마음이 편치 않았다. 하영 어미가 손녀를 낳았을 때도 그랬다. 첫애가 딸이어서 혹 자기의 전철을 밟는 것이 아닌가 걱정했는데 설상가상으로 발달장애가 있었다. 딸과 사위는 상당한 충격을 받고 한동안 하영의 동생을 낳으려 하지 않았다. 허청댁은 그런 모든 것이 자기의 허물 때문이라고 여겼다. 그럴 때마다 사위 보기가 민망했다.

언젠가 허청댁의 생일에 온 가족이 모였다. 시골집치고는 꽤 넓은데도 다섯 딸과 가족들이 한자리에 모이자 서로 움직일 때면 몸이 부딪힐 정도로 복잡했다. 그때도 하영은 텔레비전을 보면서 혼잣말을 하고 있었다. 허청댁은 부엌과 거실을 오가다 사위와 마주쳤다. 사위의 표정 없는 얼굴을 가만히 쳐다보았다. 갑자기 가슴속에 쌓아두었던 미안하고 죄스러운 마음이 자신도 모르게 입 밖으로 툭 튀어나왔다.

"괜찮응께 다른 데서 하나 봐 와."

쩡, 하는 짧은 정적이 흘렀다. 겨울날 지붕 아래 고드름이 끊어질 때 나는 소리다. 방안에서 술을 마시던 사위들이 일제히 고개를 돌렸다. 부엌에서 음식을 하며 자방자방 얘기하던 딸들도 입을 딱 벌렸다.

"엄맛! 지금 무슨 소리 하고 있어!"

하영 어미가 기겁하며 달려왔다. 허청댁의 속마음을 익히 알고 있는 나머지 딸들도 빙긋이 웃으며 우리 엄마 또 시작한다며 하던 일을 계속했다. 시끌벅적한 분위기 속에서도 텔레비전에 눈을 고정하고 있던 하영이 눈을 돌려 제 엄마를 쳐다보며 큰 소리로 말했다.

"엄마가 화가 나 버렸다."

하영은 짧은 순간인데도 자기 엄마의 목소리에 날 선 무언가를 알아챘다.

잠시 당황하던 사위들도 웃으며 작은 키에 비해 뚱뚱한 하영을 쳐다보며 웃었다. 모두의 시선이 자신한테 집중되자 하영은 입을 더 크게 벌리고 하하하, 웃었다. 그런 모습에 허청댁은 만만치 않았을 딸의 아픔을 느꼈다. 허청댁 때문에 어쩔 수 없이 겪었을 일들이 얼마나 많았을까 싶어 더욱 딸이 애처로웠다. 허청댁에게 그때 일은 마치 엊그제 일어난 것처럼 가깝게 느껴졌다.

자동차는 오른쪽으로 방향을 틀어 금탑사 비탈길을 오르고 있었다. 절이 있는 산속에서 검은등뻐꾸기가 울고 있었다. 절이 가까워지면 가까워질수록 뻐꾸기는 그만큼 뒤로 날아가서 우는 것처럼 들렸다. 단조로운 네 박자에 우는 간격이 일정했다. 마치 꿈속에서 듣는 것처럼 나른했다. 검은등뻐꾸기의 울음은 듣는 사람에 따라 각각 다르게 들렸다. 술에 취해 흥에 겨운 사람이 들으면 어절씨구, 로 들리고, 슬픈 일을 겪은 사람이 들으면 훌쩍훌쩍, 우는 소리로 들린다. 어쩌면 집 뒤 대숲에서 울던 새가 검은등뻐꾸기일지도 몰랐다. 가까이서 울면 그때처럼 뿌뿌뿌, 뿌우 소리로 들릴 수도 있겠다 싶었다. 발정기 때 수컷은 평소와 다르게 특이하게 울었다. 사위가 온 날, 대숲을 보며 했던 그 말 때문에 이렇게 많은 생각을 하게 될 줄은 미처 몰랐다. 맞는다는 듯이 검은 등뻐꾸기가 다시 울기 시작했다.

"뻐뻐뻑꾹! 뻐뻐뻑꾹!"

절 주변은 사방이 초록의 연한 싹으로 가득 차 있었다. 가파른 길을 오르면 나타나는 저수지에도 연둣빛 물이 찰랑거리고 있었다. 여기서부터 산길이 좁아 차를 세우고 걸어야 했다. 절까지 오르는 길가에는 진한 푸른색의 비자나무가 꽉 들어차 있었다.

허청댁 친정은 절 뒤 산 너머에 있었다. 허청댁은 처녀 적에 부모를 따라 금탑사에 들렀을 때도 비자나무 아래에서 땀을 식히곤 했다. 열여덟 살 초파일에 절에서 공부하던 첫 남편을 만난 것도 비자나무 아래에서였다.

첫 남편은 허청댁이 애를 낳을 때까지는 별다른 징후 없이 건강했었다. 차츰 기침이 심해지더니 몸 상태가 걷잡을 수 없이 나빠졌다. 폐병이었다. 그 당시 할 수 있는 여러 방법의 치료에도 회복할 수 없음을 안 남편은 허청댁을 친정으로 쫓아 보냈다. 몇 달 뒤에 그녀는 남편이 비자나무에 목을 맸다는 소식을 들었다.

허청댁은 재가하기 하루 전에 첫 남편이 목숨을 끊었던 비자나무 아래에 왔었다. 줄을 맸을 만한 비자나무 가지를 올려다보며, 마른 침엽과 삭정이가 수북이 쌓인 바닥을 손으로 만지면서, 어두워질 때까지 서성거렸다. 집으로 돌아가려 마음을 추스르며 다박다박 걸어 내려오는데 어렴풋이 나무속에서 새 한 마리가 밤하늘로 조용히 날아오르는 소리를 들었다. 그 뒤 절에 들르면 일부러 이 나무 근처는 피했다.

계곡 위 자그만 다리 앞에는 선돌이 하나 세워져 있다. 선돌이 일주문 구실을 했다. 그곳을 지나서 약간 경사진 길을 오르면 경내가 나왔다. 법당 앞마당에는 매끈한 배롱나무 한 그루가 서 있고 바로 오른편에 오층탑이 서 있었다. 탑 주위에 사람들이 모여 합장하며 기도를 드리고 있었다. 허청댁은 법당에 들러 합장 삼배를 한 뒤 가족들과 종무소에 들렀다. 접수대에 앉아 있는 비구니 스님이 오랜만에 뵙는다며 합장하며 반겼다. 가족 단위로 기원을 적은 등을 달아주었다. 딸네는 자기 가족의 이름을 죽 적고 기원 등을 하나 신청했다. 허청댁도 얼마 전에 결혼한 아들을 위해 등을 하나 준비했다. 그리고 나머지 딸들을 위해 따로 등을 하나 더 준비했다. 다섯 딸의 이름을 다 불러주고 나서 그녀는 잠시 망설였다. 새삼 이전에 탑을 돌 때나 법당에서 절을 올릴 때도 혼자 속으로만 생각하던 부산 딸이 떠올랐기 때문이다.

"엄마, 적는 김에 부산 언니도 같이 적어. 아버지도 돌아가셨으니 이제 괜찮아."

허청댁의 머뭇거리는 모습을 지켜보던 딸이 결정을 쉽게 거들어줬다. 허청댁은 이제 자신의 마음마저 읽고 있는 딸을 조용히 바라보았다. 앞에 적은 다섯 딸과 성이 다른 것이 마지막까지 마음에 걸렸다. 다음부터는 따로 기원 등을 하나 더 달자고 마음먹으며 부산 딸의 이름을 불러주었다. 마지막 이름을 적던 스님이 조용히 허청댁을 바라보았다. 허청댁은 슬그머니 눈길을 피했지만 왠지 마음만은 개운했다.

늦은 절밥을 먹고 있는데 접수하던 비구니 스님이 찾아왔다.

"식사 공양 후 주지 스님이 좀 뵙자고 하십니다."

주지 스님과는 결혼 전부터 아는 사이였다. 접수하던 스님이 허청댁이 왔다는 것을 알린 모양이다. 기거하는 요사채로 들어서자 주지 스님은 합장 반배를 하며 반겼다. 허청댁은 같이 합장하며 고개를 숙였다.

"얼마 전에 부산 큰 따님이 다녀갔습니다. 따님이 아버님의 유골을 우리 절에다 봉안하였습니다."

허청댁은 머릿속이 자욱해졌다. 마을 선산을 헐어서 납골당을 짓게 되자, 고향에 자손도 없고 문중에서도 거의 신경을 쓰지 않은 남편의 무덤이 문제가 되었다. 부산 딸은 아버지의 유골을 문중에서 지은 납골당보다는 금탑사에 안치하는 것이 좋겠다고 생각했다. 아버지가 태어나고 자란 고향의 절에다 어미 아비 없이 혼자 살아온 딸이 아버지의 유골을 모셨다는 말에 허청댁의 가슴은 탑이 무너지는 것 같았다. 주지 스님과 얘기하는 동안에도 뼈꾸기는 계속해서 울었다.

"돌고 돌다 보면 다시 하나인 걸 왜 저렇게 울어대는지……."

주지 스님은 밖으로 나가려 일어서는 허청댁 뒤에서 혼잣말처럼 중얼거렸다. 마당으로 나온 허청댁은 뻐꾸기가 우는 산속을 바라보았다. 문득 새가 무슨 말을 하려는지 어렴풋이 알 것 같았다. 그때마다 새 울음이 다르게 들렸던 것은 아무래도 자신의 마음 탓이 컸었다. 오층탑이 있는 경내 마당으로 내려오는데 자꾸만 몸이 허방을 짚은 것처럼 휘청거렸다.

허청댁은 탑 앞에 서서 몸과 마음을 추스르고 합장을 시작했다. 그리고 천천히 탑 주위를 돌았다. 한 발 딛고 합장하고, 또 한 발 딛고 합장하고, 뻐꾸기는 울고, 허청댁의 합장 걸음은 점점 빨라지고, 뻐꾸기는 어느새 탑 꼭대기에 앉아서 울고, 허청댁은 쉼 없이 돌며 합장을 계속하고, 새 울음은 꿈결처럼 탑 위에서 돌고…….

해가 짧아 산과 맞닿은 경내부터 그늘이 드리워졌다. 오층탑의 그림자도 산그늘을 따라 길게 늘어났다. 산그늘과 탑과 체수 작은 허청댁의 그림자가 점점 하나가 되었다.

압 록

압 록

혜림이 안치된 납골당은 마을 뒤 언덕배기에 있었다. 조그만 가족묘였다. 영훈은 초저녁에 도착해 근처 숲속에서 오랜 시간을 기다렸다. 먼 거리를 오느라 너무 지쳤다. 처음에 느꼈던 긴장이 사라지자 조금씩 한기가 온몸으로 스며들었다. 옷을 두껍게 입었는데도 아직 밤은 추웠다.

납골당은 의외로 허술했다. 경비 장치도 없었고 문에 열쇠만 덜렁 달려 있었다. 미리 준비해 온 만능키를 열쇠 구멍에 넣었다. 유튜브에서 배운 대로 포인트를 가늠한 후 키를 돌렸다. 처음에는 볼록한 부분이 걸리지 않았다. 몇 번을 다시 시도했다. 한번은 걸리는가 싶더니 살짝 미끄러졌다. 열쇠를 잡은 오른손이 긴장해서인지 자물통이 달그락거렸다. 갑자기 납골당 아래 길 쪽에서 사람의 발걸음 소리가 들리는 듯했다. 얼른 손놀림을 멈췄다. 숨을 죽였다. 벽에 등을 기대고 소리가 나는 방향으로 귀를 기울였다. 길 쪽은 물론이고 바로 십여 미터 앞조차 깜깜했다. 인기척은 없었다. 잘못 들었다. 다시 열쇠 구멍에 집중했다. 몇 번 까닥거리자 열쇠 구멍 속 구조가 머릿속에 환하게 그려졌다. 깊숙한 부분의 툭 튀어나온 부분에 대고, 뒤로 밀리지 않게 누르면서, 오른쪽으로 천천히 돌렸다. 딸각, 둔탁하지만 확실한 소리를 내며 자물쇠가 열렸다. 유튜브의 만능키 사용법이 효과가 있었다.

납골당 안은 찬 기운으로 가득 차 있었다. 십여 구의 화장한 유골 단지가 캐비닛 식으로 양쪽에 설치되어 있었다. 어둠 속에서 혜림의 유골 단지를 찾기는 쉽지 않았다. 휴대전화 빛으로 한 칸 한 칸 살펴야 했다. 맨 마지막 유골 단지에 그녀의 이름이 적혀 있었다. 어둠 속의 한줄기 빛처럼 반가웠다. 가방 속에서 빈 단지를 꺼냈다. 가져온 보자기를 바닥에 깔고 그녀의 유골 단지 속의 뼛가루를 빈 단지에 부었다. 빈 유골 단지를 제자리에 다시 갖다 놓았다. 가져온 단지를 보자기에 싸서 가방에 넣었다. 손바닥으로 바닥을 훑어 뼛조각이 떨어졌는지 살폈다. 깨끗했다.

납골당을 나오려는데 갑자기 혜림에게 아들이 있다는 생각이 떠올랐다. 왠지 그에게 미안했다. 더는 시간을 지체하면 안 된다고 생각하면서도 쉽게 발을 떼어 놓을 수 없었다. 잠시 생각을 가다듬었다. 다시 가방을 내려놓고 보자기를 풀어 단지를 열고 납골당 보관함 속 빈 유골 단지를 가져왔다. 가방에 넣은 단지에 손을 넣었다. 손끝에 닿는 뼛가루의 촉감이 거칠었다. 마지막으로 보았던 그녀의 거친 얼굴이 떠올랐다. 이렇게 외지고 어두운 곳에 남겨지려고 젊은 시절을 그렇게 힘들게 살았을까 싶어 허망했다. 돌아가려면 서둘러야 했다. 한 줌 뼛가루를 집어 납골당에 있던 유골 단지에 넣었다. 미안함이 조금 줄었다.

주차한 곳에 도착했다. 아직은 차가운 날씨에 손이 덜덜 떨렸다. 시동을 걸려는데 차 키가 달그락거렸다. 키를 꽂고 히터를 틀고 가만히 앉아 있었다. 차츰 몸이 풀렸다. 이제 천천히 차를 몰았다. 백미러에 비치는 하현달이 시퍼렸다. 그녀의 마지막 얼굴이 저랬던가. 그녀가 한 말이 자꾸 머릿속을 맴돌았다.

"홍매가 필 때쯤 압록에서 봐요."

올해는 이미 홍매가 피었다 졌는데 그녀는 이 세상에 없었다.

영훈은 두 달 전에 M 시에서 혜림을 만났다. 거의 이십 년만이었다. 전화 속의 목소리는 그녀의 음성이 아닌 것처럼 서걱거렸다. 칼칼한, 잠에서 막 깨어난, 낯선 여자의 목소리였다.

"어쩐 일이세요?"

혜림이 그의 목소리를 바로 알아본 모양이었다. 그녀는 생각보다 목소리가 차분했다. 그는 이제야 소식을 들었다며 좀 어떠냐고 물었다. 잠시 머뭇거렸다.

"괜찮아요. 그런데 살아 있었어요?"

영훈에게 그만큼 오랫동안 연락을 하지 않았다는 질책이었다.

"지금 시골 고향이거든요. 서울 올라갈 때 잠깐 만나서 식사나 해요?"

"안 돼요."

그녀는 즉각적이었다. 퍼뜩 정신이 든 모양이었다. 방금까지 평상시처럼 얘기한 그녀였다. 현재 자신의 처지로 되돌아와 철벽 방어를 쳤다. 그날은 그렇게 통화를 마쳤다.

다음 날, M 시에 가까이 왔을 때 다시 전화했다. 전화를 받은 그녀는 여전히 곤혹스러워했다. 그런 모습이 훤하게 그려졌다.

"조 선배 일도 그렇고……."

영훈은 조 선배에 대해 그녀에게 할 말이 있다고 말을 돌렸다. 그녀는 조금 뜸을 들이더니 만날 수 없다고 잘라 말했다. 영훈은 계속 기다릴 거라고 말했다. 그녀는 다시 한참을 머뭇거렸다.

"그럽시다, 까짓것 뭐. 이따 봐요."

영훈은 그녀가 아픈 몸을 내보이는 것이 쉽지 않을 거라 짐작은 했다. 다른 사람들을 꺼리는 것은 어쩔 수 없었다. 만날 장소는 혜림이 걸어서도 올 수 있는 식당이었다.

영훈은 학교를 그만두었을 때를 돌아보았다. 그해 여름, 교직원 노조 때문에 전국이 걷잡을 수 없이 술렁였다. 영훈과 혜림이 근무한 학교도 예외는 아니었다. 학교에서는 노조에 열성적인 교사들에게 탈퇴나 사직, 둘 중의 하나를 요구했다. 그와 그녀 그외 서너 명의 교사들을 눈엣가시처럼 여겼다. 그가 그만둔 것은 각 학교에서 시범사례로 한 명씩을 해고하는 일이 벌어질 때였다. 학교 이사장은 이때가 기회라는 식으로 몇 명을 한꺼번에 정리하려 했다. 그는 이사장과 담판을 지었다. 결국 혼자 사직서를 내는 것으로 매듭지었다. 다른 교사들과 상의하지 않았다. 그녀와 나머지 교사들은 심한 수치심을 느꼈다고 나중에 후배 교사를 통해 전해 들었다. 그 얘기를 듣고 더욱더 연락할 수가 없었다.

영훈은 그 길로 서울로 올라왔다. 지인의 도움으로 고시촌에서 헌책방을 운영했다. 처음 몇 해는 그럭저럭 수입이 괜찮았다. 그러던 중, 로스쿨법이 통과되자 고시생들의 삼분의 이가 줄어들었다. 사법시험을 공부하는 수험생들이 거의 사라져버렸다. 매출이 급감했다. 이년을 버텼지만 다시 사법시험이 부활할 기미는 어디에도 보이지 않았다. 할 수 없이 일반 출판사로 업종을 바꾸었다.

그 시기에 커다란 사회·정치적 사건들이 줄을 이었다. 한 사건이 일어나면 더 큰 사건이 그 뒤를 따랐다. 자연히 앞에 일어났던 사건은 희미해졌다. 이런 일이 반복되니 이삼 년, 아니 사오 년이 지나면 작은 사건들은 자연스레 잊혔다. 사오 년이란 그렇게 뚜렷이 각인되는 세월이 아니었다. 시간은 뭉툭한 덩어리로만 존재했다. 그 안의 사건들을 낱낱이 세고 싶지도 않았고, 대충 그 정도였다고 생각하며 살아온 지도 오래되었다.

혜림은 외양만으로는 이전과 별로 달라 보이지 않았다. 박박 깎은 머리에 얼굴이 창백하고 홀쭉할 거로 생각했다. 머리에 비니 모자를 쓰고 얼굴은 생각보다 밝았다. 암 소식을 전하던 후배 교사는 그녀의 상태를 직접 언급하지는 않았다. 영훈은 그의 말 속에서 그녀가 상당히 위중하다는 것을 느꼈다. 그렇지 않았다면 후배 교사는 영훈에게 연락도 하지 않았을 터이다. 식탁에 앉자 그녀는 맨 먼저 냅킨 위에 숟가락과 젓가락을 가지런히 올려놓았다. 특이한 점은 눈에 띄지 않았다. 음식 종류를 일부러 골라서 주문하지도 않았다. 꺼리는 반찬도 없었다. 다만 식사량이 적었다. 식사하면서 가까이 보니 얼굴은 화장이 받지 않아서인지 여기저기 푸석푸석했다.

"조 선배는 언제 그런 일이⋯⋯."

조 선배는 영훈이 그만두고 얼마 되지 않아서 다른 세상 사람이 되었다. 영훈은 나중에 알았다. 벌써 이십 년이 지난 일이었다.

"⋯⋯."

시간이 조금 지나자 혜림은 겨우 입을 뗐다.

"금매암 가까이 공원묘지에 묻혔어요. 전에 우리가 자주 찾던 절 알죠?"

조 선배는 교도소에서 나온 후 죽 고문 후유증에 시달렸다. 멀쩡하다가도 급작스레 소리를 지르는 일이 자주 있었다. 두려움에 벌벌 떨기도 했다. 결국 극단적인 선택을 하고 말았다.

"모자는 머리 때문에 썼나요?"

고개를 끄덕이더니 어색하게 웃었다. 아픈 몸의 상태를 남에게 보이지 않으려는 마음은 누구나 똑같은 모양이었다. 그녀는 다를 것으로 생각을 했던 자신이 조금 멋쩍었다.

식사 후 굳이 계산하려는 그녀를 말렸다. 커피와 녹차를 한 잔씩 뽑아 들고 식당 건너편 놀이터에 앉았다. 작은 놀이터에는 산수유나무에 노란 꽃이 성글게 달려 있었다. 조성된 지 오래되지 않아 아직 황토가 듬성듬성 보였다.

"괜찮겠어요? 조금 추울 거 같은데……."

영훈이 안쓰럽게 쳐다보자 그녀는 그렇게 신경 쓸 거 없다고 했다. 그가 봐도 추워 보이지는 않았다. 초봄 오후의 햇볕은 생각보다 따스했다. 식사 후 포만감에 더 따뜻하게 느꼈을 수 있었다.

"처음에는 죽는다는 사실을 받아들일 수가 없었는데, 시간이 갈수록 그럭저럭 살 만하대요."

어쩔 수 없이 그녀는 지금 상태를 얘기했다. 그녀는 절벽에서 떨어지듯 그렇게 뚝 삶이 끊어지지는 않을 거라 여겼다. 가끔 혼자 있을 때 억울하다는 생각이 스멀스멀 머릿속으로 기어들었다. 시간이 지날수록 다른 사람들의 시선이 부담스러워졌다. 다른 누구에게도 자신의 몸꼴을 보이고 싶지 않았다. 스스로 움츠러들었다. 몸과 목소리마저 얼음처럼 차가워졌다. 점점 심해지자 학교를 그만둘 수밖에 없었다. 일 년 정도 지나자 친하던 동료한테도 연락이 끊기더니 최근에 그녀에게 전화하는 사람은 아무도 없었다.

영훈이 전화를 했을 때도 망설였다. 하룻밤 지나자 처음 먹었던 결심이 조금씩 희석되기 시작했다. 그도 배가 나왔을 것이고, 새치도 많이 생겼을 거고, 서로 늙어가는 처지인데 뭐 별거 있겠어, 마음이 자꾸 왔다 갔다 했다며 그녀는 살짝 웃었다.

지난 일을 얘기하는 그녀의 바로 뒤에 작은 산수유 노란 꽃 한 개가 홀로 떨어져 피어 있었다. 응달진 곳이라 추워 보였다.

"처음엔 믿지 않던 절대적인 어떤 것에 대해 욕을 하곤 했어요."

영훈은 그녀가 앞으로 점점 힘들 거로 생각했다. 죽는 것이 그 사람의 품성과 아무런 상관이 없지만 당사자는 그런 부분이 계속 마음속을 파고드는 것도 어쩔 수 없었다. 혜림도 이런 비슷한 상황이었다.

"가족들과 같이 있지 왜 이곳에서 혼자 살아요?"

영훈은 혼자 있는 그녀가 점점 처량하게 느껴졌다. 그녀는 그를 말없이 바라보았다.

"시어머니가 같이 살자고 하는데 그럴 수는 없잖아요."

그녀는 머리를 흔들며 그런 상황은 생각하기도 싫은 표정을 지었다.

한편으로는 지금보다 죽은 후가 더 무서울 것 같다고 했다. 영훈은 무슨 말이냐며 고개를 갸웃거렸다.

"시댁의 가족 납골당에 안치될 것인데 너무 싫어요."

그녀는 어느 해, 납골당 제례 의식에 다녀온 아들 녀석이 사진을 찍어온 것을 보았다. 캐비닛 형식의 보관함에 그녀와 남편의 이름이 적혀있었다. 그녀가 죽으면 화장 후 안치될 좁은 공간이었다. 시댁의 낯선 납골당 한구석에 버려진 듯 처박혀있을 것으로 생각을 하니 끔찍했다. 그녀에게 시댁 사람들은 아직 정이 없는, 어찌 보면 거의 모르는 사람들이었다. 게다가 그녀의 고향도 아니었다.

영훈이 미처 생각지 못한 사실이었다.

"시어머니는 어때요?"

그녀의 눈이 잠깐 번뜩였다. 고개를 수그리고 바닥을 바라보았다. 조금 후 마음을 가라앉혔는지 영훈을 쳐다보았다.

"왠지 사악한 여자 같아요."

그녀의 목소리에 아무도 없는 깊은 계곡의 차가운 바람 소리가 들렸다.

시어머니는 백수였던 제 아들 처지는 잊어버렸는지 그녀에게 아들 고생시킨다는 말만 주절거렸다. 시댁에 가면 그녀의 행동 하나하나를 지켜보았다. 자기는 손에 물 하나 묻히지 않고 암에 걸린 그녀가 하는 것을 지켜만 보았다. 가끔 혜림의 친정에 전화해서 불치의 병이 있는 여자를 자기 아들과 결혼을 시켰다며 악담을 퍼부었다. 시어머니는 남편에게 처음부터 반대한 결혼을 왜 해서 자기를 괴롭히느냐고 등쌀을 부렸다. 모멸감을 느꼈을 그녀가 보였다. 대학 시절의 그 혜림은 어디로 사라졌는지.

영훈은 분위기를 바꿔보려 장난기 섞인 말을 던졌다.

"뭐가 좋다고 결혼하고서는 이제 그 난리요. 눈에 콩깍지가 씌었다는 말이 맞긴 맞나 봐요?"

다행히 그녀는 살짝 미소를 지었다.

"영훈 씨는 여전히 꺼릴 것 없이 말해요. 하긴 그때 뭐에 홀렸는지 단단히 홀렸나 봐요. 나 자신도 알 수가 없어요."

그녀도 조 선배가 죽고 난 후에 뭔가 바뀐 환경이 필요했을지도 모른다.

햇볕이 조금씩 줄어들었다. 이야기하다 보니 그녀를 바라보는 시선이나 분위기가 차츰 순해졌다. 그녀의 목소리도 다시 평범한 예전의 목소리로 되돌아왔다.

"그런데 왜 그렇게 연락이 없었어요?"

영훈은 학교를 그만두고 낯선 서울 바닥에 자리 잡느라 정신이 없었다. 그녀와 동료들에 관해 까맣게 잊었다. 아니 잊으려고 했다. 바쁘다는 핑계로 더러는 존재 자체를 잊으려고 그녀가 사는 곳으로 전혀 신경을 쓰지 않았다. 고향에 내려갈 때도 멀리 길을 돌아서 차를 몰았다. 연락이 오는 교사 동료의 전화도 받지 않았다. 그러던 참에 후배 교사가 혜림의 투병 소식을 알렸다. 소식을 받고도 몇 년을 무덤덤하게 지냈다. 이제 무슨 사달이 났을 거라 짐작하면서도 더욱 담담한 척 하루하루 생활 속에 침잠했다.

시골에 왔을 때 갑자기 그런 생각이 들었다. 사람이 한 번 죽으면 서로 대화가 완전히 단절된다. 우주 속에 조난되어 끝없이 떠돌고 있을 혜림의 표정이 겹쳤다. 안 되겠다 싶었다. 부랴부랴 연락했다.

서울로 올라갈 시간이 다 되었다. 불편한 사람을 밖에 더 오래 있게 할 수도 없었다. 무슨 일이 생기면 연락을 주라고 했다. 집까지 걸어간다는 그녀를 억지로 차에 태워 집 근처에서 내려주었다. 차가 출발하려는데 백미러 속에서 그녀가 환한 미소를 띠며 손을 흔들었다.

"내년에 홍매가 필 때쯤 한 번 봐요."

그녀의 입 모양이 그렇게 말하고 있었다. 홍매가 핀 지 벌써 한 달이 조금 더 지났다.

M 시에서 고속도로로 운전하지 않고 섬진강 길로 차를 몰았다. 무언가 그냥 가기에는 부족했다. 오랜만에 봄날의 섬진강 물빛이 그리웠다. 보성강과 섬진강이 만나는 압록을 앞두고 속력을 천천히 줄였다. 그녀의 말이 계속 머릿속에서 맴돌았다.

오른쪽 차창 너머로 섬진강이 초록의 산 빛깔을 담고 흐르고 있었다. 넓게 펼쳐진 산들은 무르익은 봄기운에 수채화처럼 옅은 신록을 펼쳐놓았다. 강둑과 도롯가에는 매화가 지천으로 피어 있었다. 그 너머 산 아래 비탈진 밭에도 분홍 매화꽃이 눈처럼 휘날렸다. 금매암이 있는 산 쪽에도 분홍 매화와 연둣빛의 신록이 어우러져 난장을 쳤다.

영훈은 금매암 쪽으로 차를 돌렸다. 서울에 도착 시각을 감안하면 약간 무리다 싶지만 지금은 마음이 이끄는 대로 가고 싶었다. 요즈음 가끔 그의 행동이 이성과 다르게 움직이는 경향이 있었다. 아쉬웠거나 안타까웠던 지난 것들이 끊임없이 머리를 두들겼다. 무언가 불안하고 갑자기 우울했다. 그럴수록 머리를 흔들어 잡념을 떨치고 일에 몰두했다. 하지만 사라지는 것은 그때뿐이었다.

금매암은 우리나라에서 토종 홍매가 가장 먼저 피는 절이다. 겨울이 오고 구정이 가까워져 오면 TV에서 토종 홍매 소식을 맨 처음 전하는 곳이 금매암이다. 영훈은 혜림과 조 선배 얘기를 할 때 금매암을 거쳐 묘지에 한 번 들렀다 가자는 생각을 했었다. 그 녀를 만나고도 뭔가 마음에 걸렸는데 금매암으로 차를 돌리고 보니 잘했다는 생각이 들었다.

금매암 토종 홍매는 우리나라 개화의 남상濫觴으로 불렸다. 토종 홍매가 피는 일월 말에서 이월 초쯤에는 이곳을 찾는 사람들로 북새통을 이뤘다. 꽃이 피기 며칠 전부터 개화를 보려는 기자들과 불자들이 뻔질나게 드나들었다. 꽃망울이 터지는 날이면 방송과 신문에 개화 사진으로 일제히 도배했다. 토종 홍매는 겨울이 한참 남았는데도 붉은 꽃을 피웠다. 토종 홍매를 기점으로 겨울 꽃과 봄꽃으로 나눴다. 물론 동백꽃은 겨울 꽃으로 간주했다. 영훈은 금매암 입구에 주차했다. 절로 올라가는 길에 말라죽은 두 그루 강대나무가 서 있었다. 껑충하게 말라 있는 것이 조 선배의 뒷모습처럼 보였다.

영훈이 처음 혜림과 조 선배를 안 것은 대학교 일학년 때였다. 1980년, 광주의 오월은 이태 전 일이었다. 캠퍼스에는 가을의 정취가 가득 들어차 있었다. 분위기는 가을인데 무엇인가 소나기가 내리기 직전의 시커먼 기운이 캠퍼스를 감싸고 있었다. 며칠 전부터 1980년 오월을 주도했던 박관현 전 총학생회장이 교도소에서 단식 중이라는 소문이 돌았다. 교도소 당국이 지속적으로 음식에 나팔꽃 씨를 섞어 그의 식욕을 떨어뜨렸다. 운동권에서는 식사에 의문의 약을 투입했을 거라고 주장했다. 사실 여부와 상관없이 1980년 오월 이후 숨죽이고 있던 대학가가 술렁거렸다. 마침내 박관현 전 회장이 죽었다는 뉴스가 흘러나왔다. 운동권 학생들이 도서관 앞에 집결했다. 도서관에서 공부하던 학생들도 운동권 학생들 주위로 함께 모였다. 광장 앞 멀리 본관 쪽에서는 전경들을 실은 검은 버스가 햇빛에 번쩍거렸다. 금방이라도 최루탄을 쏠 듯 부릉거렸다. 그 주위로 사복경찰들이 머리에 헬멧을 쓰고 서성거렸다.

안개처럼 천천히 양희은의 〈아침이슬〉이 피어올랐다. 노래는 바람에 휘날리며 캠퍼스를 휘감고 돌았다. 바로 〈선구자〉 노래가 뒤를 이었다. 분위기가 점점 달아올랐다. 도서관 앞 경사진 곳에 학생들이 하나둘 모여 자리를 잡았다. 총학생회장이 마이크를 잡고 구호를 외쳤다. 그 뒤로 학생회 간부들이 앉아 있었다. 그 속에 조 선배도 있었다. 총학생회장은 학생들의 박수 속에 울분에 찬 연설을 시작했다. 점점 열변을 토하며 군사독재 정부를 강력하게 비판했다. 그 뒤쪽의 본관 앞에 있는 경찰들이 천천히 다가

왔다. 경찰과 학생들이 이삼 미터 간격을 두고 대치했다. 그 순간, 도서관 앞 경사진 곳에 모여 있던 학생들 속에서 한 명이 갑자기 일어섰다. 쏜살같이 마이크를 잡은 총학생회장을 경찰 쪽으로 밀어 넘어뜨렸다. 사복경찰이었다. 전경과 사복경찰들이 우르르 몰려와 총학생회장을 둘러쌌다. 순간, 페퍼포그를 사정없이 발사했다. 자욱한 연기 속에 꿍꽝거리는 발걸음 소리가 캠퍼스를 울렸다. 총학생회 간부들은 대부분 끌려갔다. 운동권 학생들이 대오를 정리하고 전경들에게 돌멩이를 던졌지만 한번 흐트러진 전열은 다시 회복되지 않았다. 사복경찰들이 여기저기서 학생들을 짓밟았다. 나머지 학생들은 우왕좌왕하며 건물 뒤로 도망쳤다. 전경들이 건물 뒤까지 쫓았다. 학생들은 캠퍼스 밖으로 도망갔다. 공터에 모인 학생들이 망월동 묘지로 가자고 소리쳤다. 끌려간 총학생회 간부 중에 조 선배도 있었다.

다음 날, 도서관 왼쪽의 학생회관 앞에 남학생 몇 명이 서성거리며 창문을 힐끔거렸다. 본관 쪽 사복경찰들은 한가하게 흩어져 잡담을 나누고 있었다. 갑자기 학생회관의 이 층 창문이 열렸다. 한 여학생이 창살을 붙들고 구호를 외치며 인쇄물을 뿌렸다. 그녀를 어디서 본 듯했다.

"전제와 독재를 물리치자, 해방 광주여! 전제와 독재를 물리치자, 해방 광주여!"

창문 밑에 있던 운동권 학생들이 어깨를 걸고 함께 구호를 외쳤다. 사복 경찰들이 쏜살같이 달려와 학생회관 안으로 우르르 몰려갔다. 전경들이 학생회관 정문을 방패로 막아섰다. 서로 어깨를 걸치고 구호를 외치던 학생들이 천둥소리에 놀란 강아지처럼 뿔뿔이 흩어졌다. 창가에 매달려 있던 여학생이 머리채를 잡힌 채 끌려 나왔다. 사복경찰이 여학생을 닭장차에 사정없이 내동댕이쳤다. 채 오 분도 걸리지 않았다. 닭장차 안 여기저기서 여학생에게 발길질해댔다. 길을 가던 영훈의 바로 앞이었다. 처음에는 무슨 일인가 하며 보던 영훈은 자신도 모르게 여학생에게 발길질하는 사복경찰들을 걷어찼다. 여학생을 차던 발길질이 순간 멈췄다. 곧이어 영훈에게 발길질과 주먹질이 쏟아졌다. 경찰서에 끌려갔다. 구치소에 삼일을 갇혀 있었다. 그 여학생이 혜림이었다. 혜림은 조 선배의 여자 친구였다.

혜림을 다시 본 것은 제대 후 복학하고 나서였다. 평상시처럼 수업을 마치고 도서관에 가는 길이었다. 도서관 앞은 매일 운동권 학생들의 성토장이었다. 그날은 평상시보다 학생들이 더 많이 모여 있었다. 무슨 일인가 싶었다. 한 여학생이 연설하는 중이었다. 어깨까지 내려오는 생머리에 붉은 띠로 이마를 질끈 매었다. 지나는 학생들이 큰 소리로 말했다.

"와, 우리 대학교에도 저런 여자가 있었어. 굉장하네!"

여학생은 다른 운동권 학생들과 다르게 생기발랄했다. 머리를 찰랑찰랑 흔들며 역동적으로 연설을 했다. 영훈도 가까이 다가갔다. 혜림이었다.

혜림은 M 시로 교사 발령이 영훈보다 한 해 늦었다. 그녀는 대학생 때 감옥에서 일 년, 그 후 제적과 복학을 반복했다. 영훈은 그녀가 교무실에 들어설 때 바로 알아보지 못했다. 얼굴이 상당히 핼쑥했다. 대학 다닐 때의 그녀가 아니었다. 그녀를 통해 조 선배가 M 시 근처의 시골집에서 휴양한다는 말을 들었다.

한번은 세 사람이 금매암에서 만났다. 조 선배는 사회·정치적인 현상에 심한 피로감을 느끼고 있었다. 동료의 희생으로 많은 민주화의 성과를 이루었지만, 사회 전반에는 아직도 기득권 세력들이 많았다. 그들은 자기들의 이익에 반하는 세력들에게 이념으로 덧칠해 매장하는 일이 비일비재했다. 잘 흘러가던 진보 세력들이 번번이 도덕적인 상처로 기득권들에 놀아나는 일들이 반복되었다. 피곤하고 지겨웠고 점점 무력감이 밀려왔고 그때마다 술을 마셨다. 술에 취하면 정신이 왔다 갔다 했다.

영훈은 홍매가 필 때쯤 금매암의 자연 변화를 한눈에 그릴 수 있었다. 먼저 손톱만 한 네다섯 개의 꽃망울이 고개를 든다. 꽃을 피울 수 있는지 날씨를 가늠한다. 작은 꽃잎들은 열흘을 넘기지 못하고 추위에 사라진다. 십여 송이가 차례차례 꽃망울을 터

트린 후 삼월까지 피고 지기를 반복한다. 용케 꽃을 피운다. 이제 토종 홍매는 따스한 볕을 따라 향기를 뿜으며 섬진강을 따라 날아간다. 양쪽 강기슭에 심겨 있는 매화나무에 향기를 날린다. 산 너머 선암사의 매화와 광양의 청매에도 소식을 전한다. 꽃향기는 꽃비를 휘날리며 하동포구까지 날아간다. 영훈은 조 선배와 혜림이 했던 일들이 이와 같지 않았을까 생각하곤 했다.

이제 너희들도 꽃망울을 터뜨려도 돼.

첫 소식을 전한 토종 홍매꽃은 내년 봄을 위해 땅으로 떨어진다. 꽃잎은 썩어 땅속으로 스며든다. 희생으로 끝내지 못한 자신들이 조금 원망스럽다. 봄비가 내리면 그 부스러기들이 압록으로 흘러간다. 희생하면 자연히 사라져야 한다. 그때쯤이면 하동포구에서 겨우내 갯벌을 먹고 자란 어린 참게들이 섬진강의 상류를 향해 기어오른다. 참게들이 강길을 기어오르다 섬진강과 보성강이 만나는 압록에서 잠시 몸을 추스른다. 결국 인간들은 이루지 못한 일 때문에 자괴감에 빠진다.

영훈이 금매암을 나오는데 강대나무 두 그루가 다시 눈에 띄었다. 하얗게 목질이 부서지면서도 아직 꿋꿋하게 서 있었다. 조 선배와 혜림처럼 크기가 훌쩍했다.

가까이에 있는 조 선배의 묘지에도 들렀다. 금매암에 가까운 공원묘지의 언덕배기였다. 영훈은 묘비 앞에 서서 주위를 둘러보았다. 아래쪽 사방으로 무덤들이 좍 펼쳐있었다. 한 바퀴 들러보고 나자 마치 넓게 드리운 하늘 아래 혼자 덩그러니 서 있는 듯했다. 가만히 묘비에 손을 올렸다. 딱딱하고 차갑고 생경하지만 친근했다. 왠지 자신의 묘비를 만지는 기분이었다. 무덤을 쓴 지 오래되어서인지 주위 다른 묘와 별로 낯설지 않았다. 무덤 위 잔디는 촘촘했다. 주위 풍경 속에서 완전히 자리 잡은 모습이었다.

아래로부터 바람이 불어왔다. 바람이 부는 방향으로 고개를 돌렸다. 묘역의 정상에서 무덤이 가득한 공원묘지를 바라보는 것은 그에게 그렇게 낯선 것이 아니었다. 묘지는 살아있는 사람들이 조성했지만, 시간이 지나면서 어떤 자연의 질서 안에서 망자들의 공동체로 바뀌어 있었다. 분명 산 자들의 눈에는 보이지 않지만 봉분과 비석들이 어떤 질서 속에 각자의 위치를 자연스럽게 잡았다. 옹기종기 모여 있는 무덤들은 시골 고향의 언덕배기 위에서 초가지붕을 내려다보고 있는 듯 친숙했다.

춥고 배고픈 겨울 저녁 어스름 무렵이었다. 마을 초가지붕 위에 밥 짓는 연기가 피어올랐다. 마을을 감싸고 있던 대밭이 으스스 몸을 녹이려 마을로 바짝 다가앉았다. 언덕배기도 함께 대밭으로 가까이 다가갔다. 마을을 조금씩 감싸며 앉은뱅이걸음으로 좁혀갔다. 영훈은 조 선배의 무덤 한쪽에서 흙을 한 움큼 퍼서 봉지에 담았다.

M 시에서 혜림을 만나고 한 달쯤 지난 뒤였다. 그날따라 영훈은 거실에서 잠을 잤다. 술에 취한 날은 흔히 그랬다. 잠을 깼을 때 새벽이었다. 가만히 누운 채로 방금 꾸었던 꿈을 돌이켜보았다. 꿈속에 혜림이 나타났다. 무슨 일인지 짐작하면서도 설마 하는 마음이었다. 불안했다. 애써 안심한 척 스스로 마음을 추슬렀다. 다시 잠을 청했다. 한숨 자고 나면 괜찮을 듯싶었다. 창밖을 보니 아직 날은 새지 않았다. 어스름한 것이 새벽, 네 시쯤 되었을 성싶었다. 다시 어슴푸레 잠이 들었다. 머리 위쪽에서 벽을 타고 둥그런 빛이 내려왔다. 빛은 그의 머리맡에 앉았다. 방금 꾼 꿈의 연장인지 아니면 깨어있는 상태인지 몽롱했다. 번뜩, 이제 그녀가 세상을 떠나는구나. 아니면 벌써 세상을 떴다는 의미인가. 아니다, 아직 죽기 전의 상황일 거야. 지금 깨어나면 그녀는 영원히 사라진다. 이대로 계속 꿈을 꾸고 있으면 된다. 꿈을 꾸고 있으면 최소한 대화는 단절되지 않는다. 일어나면 안 돼. 그냥 자는 척하는 것이 그녀가 죽지 않는 길이야.

둥그런 빛은 차츰 커졌다. 이제 영훈의 얼굴에 빛의 온도가 느껴졌다. 바로 가까이에 그녀가 앉아서 그를 내려다보았다.

"추워요!"

이 행성을 떠나 다른 행성으로 떠나는 작별 인사처럼 들렸다. 그 순간에도 잘 가요, 라고 말하면 절대 안 된다고 생각했다. 눈을 뜨면 저 사람은 확실히 사라지고 만다. 긴장을 놓지 말고 마지막이라는 암시를 머릿속에서 절대 내비치지 말자고 다짐한다. 꿈속인지 깨어있는 상태인지조차 꿈속에서 결정해야 한다.

잠시 후 밝은 빛이 점점 작아지더니 벽을 타고 스르륵 사라졌다. 끄윽, 끄윽, 하며 울음이 새어 나왔다. 울음소리에 놀라 잠에서 깨어났다. 거실 한쪽에 있는 냉장고에서 물이 흐르는지 끄륵 끄륵, 울리는 소리가 들렸다. 냉장고는 몇 번이고 울다가 멈추기를 반복했다. 시간이 지나자 잠잠해졌다. 그는 조금 전 꿈속의 분위기를 다시 느끼고 싶어졌다. 다시 잠을 청했다.

아침이 일어나보니 멍했다. 꿈이 생생했다. 그녀가 죽었다는 사실이 확실하게 다가왔다. 오전에 출판사 일을 하다가 문득 또 꿈속의 일이 생각났다. 그녀에게 전화를 걸었다.

"별일 없지요."

그냥 물었다.

"왜요. 죽었는지 확인하나요."

살짝 당황했다.

"그것이 아니라 목소리 한번 듣고 싶어서 했네요."

변명이 훤히 보였다.

"절대 안 죽을 테니 걱정하지 마세요."

그녀의 목소리는 아직 경쾌했다.

"바득바득 살려는 내가 이상한 것인지 요즘 나 자신도 믿을 수가 없네요."

그녀는 갑자기 한숨을 쉬었다. 영훈은 잠시 침묵했다. 하긴 딱히 더 할 말도 없었다.

"하여튼 무슨 일 있으면 연락하세요."

얼른 끊어야 했다. 괜히 죽으면 연락하라고 말하는 꼴이 되었다.

"죽으면 올 필요 없어요. 알았지요?"

그녀는 활기차게 말했다. 다행이라는 생각이 들었다.

후배 교사한테서 연락이 온 것은 혜림과 전화를 한 지 사오일 뒤였다. 새벽에 그녀가 죽었다고 했다. 어쩜 예상한 일이기도 했다. 잠시 멍했지만 밀린 출판사 일을 계속했다. 결국 영훈은 그녀의 장례식에 가지 않았다.

혜림이 죽은 지 한 달쯤 지났다. 일하고 있는데 갑자기 이제라도 다녀와야겠다는 생각이 들었다. 후배 교사한테 전화해 그녀의 묘지 위치를 알아봤다. 부랴부랴 그녀가 안치된 납골당으로 차를 몰았다.

납골당에서 혜림의 유골을 가지고 압록에 도착했을 때는 아침 아홉 시쯤이다. 처음에는 조 선배의 무덤에 뿌리려고 했다. 하지만 생각을 바꿨다. 아무래도 압록의 강물이 마음에 와닿았다. 두 사람을 생각하면서 허기진 배를 채우려 식당에 들렀다. 셋이서 자주 찾았던 압록식당이었다. 창밖으로 보이는 압록의 물결은 두 강이 만나는 곳이라 깊어 보였다. 식사를 마치고 유골 단지를 들고 물결이 출렁이는 다리 아래로 향했다. 물골이 깊어 물빛이 시퍼렇다. 그 시퍼런 물줄기가 그곳에서 합류해 이제 섬진강으로 하나가 되어 쭉 뻗어나갔다. 물결이 아침 햇빛에 반짝거렸다. 봉투에 든 조 선배 묘지의 흙을 혜림의 뼛가루가 든 단지에 부었다. 그리고 손으로 한 움큼 떠 강물 위에 천천히 뿌렸다. 가루가 천천히 물속으로 스러졌다. 한 움큼 더 떠서 조금 멀리 강물에 뿌렸다. 아침 찬 공기 속에 가루가 곡선을 그리며 날아갔다. 가루를 흡수한 푸른 물속에 조 선배와 혜림의 얼굴이 어른거렸다.

강물 속에는 참게가 자라고 있었다. 참게가 성장하면 바다를 향해 이동했다. 참게는 그곳 바다 갯벌에서 산란 후 죽고 다시 어린 참게가 태어나 압록으로 기어 올라왔다. 인간의 죽음도 별반 다를 게 없었다. 시간의 길이만 다를 뿐이었다. 태어나서 죽고, 다른 생이 태어나고, 그리고 죽었다. 조 선배도 죽고 혜림도 죽고 영훈도 죽고 참게도 결국은 죽었다. 어미 참게는 죽지만 회색의 새끼 게가 강을 엉금엉금 기어오를 터였다. 죽은 이들도 참게를 따라 물줄기를 거슬러 올랐다. 그 물결 위로 다시 피어난 홍매가 분홍 꽃잎을 날리며 스러졌다. 홍매도 다음 해에 다시 피어났다.

이제 서울로 가는 일만 남았다. 섬진강 도로는 매화 열매가 맺히는 시기라 비가 억수로 쏟아졌다. 운전이 곤란할 정도였다. 비가 심상치 않았다. 윈도우 브러시를 최대로 빠르게 했는데도 앞을 분간하기 힘들었다. 오른쪽으로는 섬진강이 넘실넘실 흘러갔다. 폭우에 강물이 불었고 누런 흙탕물이었다. 이제 더 이상 신경 쓸 일도 없었다. 비가 억수로 쏟아지는 도로를 혼자 운전하니 차 내 뒷자리가 어두컴컴했다. 왠지 적막하니 무섬증이 일었다. 혜림이 다소곳이 앉아 있는 듯했다. 하지만 괜찮았다. 오히려 달리는 차들이 없어 마음이 편안했다. 서울로 오는 내내 뒤쪽에서 혜림의 목소리가 속삭였다.

"홍매가 필 때쯤 압록에서 만나요."

멀리 차 뒤로 섬진강이 넘실넘실 흘러가고 있었다.

174

풍습의 속도

풍습의 속도

　부산에서 서울로 가는 첫 KTX가 출발하기에는 아직 삼십 분이나 남았다. 역 앞에 서서 컴컴한 시내를 바라보았다. 새벽하늘에는 어제저녁부터 비가 내리고 있었다. 오랜 가뭄 끝에 내리는 봄비였다. 밤 내 마신 술로 머리가 어지러웠다. 더구나 방금 사촌 누나와 나눈 대화가 망치로 때린 듯 멍했다. 숙취를 이기려 벤치 앞을 서성였다. 아까부터 가까이에 누군가 서 있는 느낌이었다. 힐긋 보니 긴 머리를 늘어뜨린 마흔 중반의 사내가 나를 쳐다보고 있었다. 비틀거리면서도 골똘히 생각하는 내 모습이 사내에게 호기심을 일으킨 모양이었다.

　사내는 멀뚱멀뚱 나를 쳐다보았다. 아무래도 돈을 원하는 표정이었다. 남방 주머니에 구겨 넣어둔 이천 원이 생각났다. 술집에서 부산역으로 오며 택시비를 주고 남은 것이었다. 이천 원을 받은 사내는 전혀 움직이지 않았다.

"이 양반이 확!"

큰소리를 치려다 그만두었다. 방금 헤어진 사촌 누나의 말이 머릿속에 계속 맴돌았다. 사내 앞에서 지갑을 꺼내는 것도 꺼림 칙했다. 바지 호주머니를 뒤졌다. 천 원짜리 한 장이 더 잡혔다. 사내에게 건네주었다. 사내는 아주 당연한 듯이 돈을 챙겼다. 건너편 편의점으로 가 술을 샀다. 역 입구 오른쪽으로 가 바닥에 누워있는 다른 사내를 깨웠다. 술을 마시려는 두 사람의 모습이 주위 배경의 한 부분처럼 녹아 있었다. 그들은 그곳에 터를 잡은 지 오래된 모양이었다. 두 사내도 고향을 떠나 부산으로 흘러들어왔을 터인데 지금은 마치 그곳이 고향인 것처럼 보였다.

봄비치고는 빗줄기가 제법 굵었다. 단비가 틀림없는데도 마음은 오랜 장맛비를 보는 것처럼 축축했다. 어슴푸레한 새벽하늘로 플라타너스의 새순이 줄기를 세우고 있었다. 예전의 어느 대통령도 나무의 질긴 생명력 때문에 가로수로 심었다는 얘기가 생각났다. 플라타너스는 봄이면 꽃가루 때문에 눈총도 많이 받았다. 버즘나무라는 순우리말은 뒤로 밀쳐놓고 플라타너스로 더 알려져 있었다. 줄기의 얼룩무늬만큼 곡절이 있었다. 젖은 얼룩무늬가 어젯밤 빈소에서 만났던 사촌 누나의 생모 얼굴에 퍼져있는 검버

섯과 겹쳤다. 방금 사촌 누나와 얘기한 말들이 꼬리를 물고 길게 늘어졌다. 마음이 눅눅했다. 빨리 이곳을 벗어나고 싶었다.

어제 아침 막 출근하려는데 모르는 전화번호가 떴다.

"선배님. 저 중학교 후배 창호인데요."

"창호? 어디 살지?"

"풍남 사는 이년 후배네요. 부산 경덕이 누나 부친 장례식장에 들렀다가 선배님 전화번호를 알게 됐어요. 그냥 안부나 물을 겸 전화 드렸네요."

"어어, 그래. 생각 나구면. 내 여동생과 동창이었지. 그런데 경덕 누나 아버지가 돌아가셨다고?"

경덕 누나 아버지면 내 작은아버지다. 그런데 작은아버지는 아주 오래전에 돌아가셨다. 그 후 작은어머니는 재가했다. 후배가 내 안부를 물으려 전화를 한 것인지 경덕 누나가 그를 통해 넌지시 우리에게 의붓아버지의 부고를 알리려 하는지 헷갈렸다. 후배는 부산 고향 모임을 통해 최근에 경덕 누나를 만난 모양이었다. 우리 집안 사정을 알 리가 없었다. 전화해줘서 고맙다고는 했지만 적이 당황스러웠다. 망자는 사실 경덕 누나의 의부며 누나의 생모가 재가한 남편이다. 누나의 생모는 누나가 아주 어릴 때 재가했고, 그 후 누나는 우리 집에서 함께 살았다. 경덕 누나는 나와 한 살 터울이고 어릴 때부터 같이 자랐기에 한 식구나 다름 없었다. 나중에 고등학교 진학을 위해 부산으로 가면서 생모와 연락을 주고받은 모양이었다.

광주에 사는 형에게 전화했지만 확실한 대답을 들을 수 없었다. 서울 사는 큰아버지에게 전화할까 하다가 그만두었다. 평소 집안 모임에서 누나의 생모에 대해 좋지 않은 감정을 언뜻언뜻 내비쳤기 때문이었다. 두 여동생에게도 전화했다. 둘도 꺼리는 눈치였다. 조의금은 가족 모임에서 처리해 줄 테니 나한테 알아서 처리하라며 떠넘겼다. 게다가 잘 따지는 막내 여동생은 짜증마저 냈다.

"자기들끼리 조용히 처리하지 왜 우리한테까지 연락해서 서로 난처하게 하는지 몰라."

언뜻 듣기에 개가한 여자에게 할 수 있는 흔한 말이었다. 말은 그렇게 해도 가족들 대부분은 경덕 누나를 봐서라도 모르는 체하면 안 된다는 뉘앙스였다.

마지막으로 안부도 물을 겸 시골에 홀로 계시는 어머니에게 전화했다. 막상 전화해 놓고 보니 말하기가 적이 곤란했다. 이미 어머니의 머릿속에서 잊힌 사람의 소식을 꺼내기도 그렇지만 죽은 사람이 개가한 숙모의 새 남편이라고, 사촌 누나의 의붓아버지라고 말하기도 난처했다. 이런저런 안부만 묻고 정작 하고자 하는 이야기는 못 하고 말았다. 전화를 끊으려는데 어머니는 느닷없이 외할머니 이야기를 했다.

"너희 외삼촌한테서 전화가 왔는데 외할머니 묘를 이제 이장하려는 모양이더라."

외삼촌과 외할머니 얼굴을 떠올렸지만 하도 오래전에 뵈어서 나이를 가늠할 수조차 없었다. 이런저런 말씀을 하는데 경덕 누나 일이 신경 쓰여 무슨 일이 있으면 다시 연락해주라며 전화를 끊었다.

큰아버지나 어머니는 그렇더라도 나는 사정이 달랐다. 경덕 누나는 집안일이 있으면 나한테 먼저 전화해 물었다. 평상시에 왕래는 적었지만 애경사가 있을 때는 아무 말 없이 꼬박꼬박 참석했다. 하지만 누나의 생모가 관련된 일이 되다 보니 지금까지 괜찮았던 관계에 가느다란 금이 벌어지고 있었다.

아무래도 내가 다녀오는 것이 무난할 성싶었다. 결정은 했지만, 마음이 꺼림칙했다. 저녁 일곱 시 삼십 분 KTX 열차를 예약한 후 팽주에게 전화했다. 팽주는 고향에서 부산으로 이사 간 깨복쟁이 친구였다. 가는 길에 얼굴이나 보자는 생각이었다.

부산은 마음속의 거리와는 달리 실제로 그렇게 먼 거리는 아니었다. 서울역에서 두 시간 오십 분 걸렸다. 고속버스보다 한 시간 사십 분이나 빨랐다. 처음 KTX 열차는 빠른 속력 때문에 사람들에게 감탄보다는 불안감을 조성했다. 물질적이든 정신적이

든 사람들은 기존 것보다 빠르면 불안해했다. 막상 열차를 타니 그런 불안감은 순식간에 사라졌다. 속력의 중심에 있는 사람은 편안한데 바깥에서 바라보는 사람들이 더 난리였다. 부산에 도착하자마자 매표소에서 서울 올라가는 열차 편을 알아보았다. KTX 막차는 이미 열 시 조금 지나 끊겼고 다음 날 첫 열차가 새벽 다섯 시에 있었다. 막연하게 야간열차가 있을 것으로 지레짐작했는데 조금 당황스러웠다. 다음 날 첫차까지는 시간이 너무 길었다. 하지만 어쩔 수 없었다. 팽주에게 도착 사실을 알리고 장례식장으로 갔다.

장례식장은 병원 지하에 있었다. 병원 건물은 심하게 낡았다. 역에서 택시를 타고 오면서 바라본 부산 전경도 어쩐지 오래된 건물뿐이고 칙칙했다. 서울 다음으로 큰 도시여서 새 빌딩이 많을 것으로 생각한 것과 다르게 퇴색해 보였다.

장례식장 문을 열고 들어섰다. 영정 오른편에 앉아있던 나이든 여자분과 시선이 마주쳤다. 한 번도 뵌 적이 없었지만, 그 사람이 누나의 생모이자 숙모인 것을 그냥 알 수 있었다. 그 여자는 멍하니 허공을 보고 있다가 문을 열고 들어오는 나와 눈이 마주쳤다. 옆에 앉아 있던 경덕 누나가 화들짝 놀라며 반가운 표정으로 일어섰다. 한 번도 본 적이 없고, 어떤 분인지도 모르는 고인의 영정에 향을 올리고 예를 차렸다. 상주들과 맞절했다. 경덕 누나의 생모는 나를 소개받을 때 약간 당황하는 표정이었다. 궁상스러운 자리에서 만나지 말아야 할 사람과 딱 마주친 그런 눈빛이었다. 한두 번 대면이 있는 누나의 남편을 제외하고는 나와 모두 처음이었다. 누나가 서른도 채 되지 않았을 여자를 여동생이라며 소개했다. 아버지는 다르고 어머니는 같은 여동생이었다. 옆에 서 있던 여동생의 남편과도 인사했다.

빈소가 차려진 곳은 바닥이 마루였다. 상주가 쉴 수 있는 공간도 따로 없었다. 조문객이 없을 때는 영정 옆에 담요를 덮은 채로 앉아 있었다. 게다가 같은 공간에 칸막이나 벽도 없이 타인의 빈소가 설치되어 있었다. 한 장소에서 두 집안이 조문객을 치르고 있는 셈이었다. 지금까지 조문 간 장례식장 중에서 가장 열악했다. 조문객은 아무도 없었다. 늦은 식사를 한 후 누나 부부와 술을 나눴다. 약간 난감했던 분위기도 술이 들어가니 그런대로 풀렸다. 누나는 어색한 분위기를 바꾸려 음식이 담긴 접시를 내 앞으로 밀며 서울에 사시는 큰아버지와 가족들의 안부를 물었다. 식사하는 중에 잠깐씩 누나의 생모 모습이 눈에 들어왔다. 얼룩 반점이 얼굴에서 목까지 퍼져있었다. 갑작스러운 상을 당하여 어쩔 줄 몰라 하는 표정이 아니라 오랜 병간호로 지쳐서 멍한 모습이었다.

어머니는 가족들이 술을 마시는 것에 대해 무척 싫어했다. 단지 술 취한 사람들의 행동에 대한 거부감인 줄로만 생각했다. 처음 술주정에 대한 얘기가 나왔을 때 우리는 당연히 술 좋아하는 서울 큰아버지를 말하는 줄 알았다. 어머니가 말하는 사람은 죽은 경덕 누나의 아버지를 말했다. 그분은 우리가 아주 어릴 때 죽었다. 더구나 경덕 누나를 아주 가끔 만나기에 술과 바로 연관을 짓기도 그랬다. 경덕 아버지는 다들 쉬쉬하지만, 음독자살을 했다. 살아 있을 때 술에 취해서 부린 행패로 진저리가 난 어머니가 술에 거부감을 보일 수는 있었다. 궁금한 것은 누나의 생모가 부산으로 가버린 때가 작은아버지의 음주벽이 지겨워서인지 아니면 죽은 후인지 그 부분이 궁금했다. 형은 기억이 잘 나지 않는 모양이었다. 술 먹고 장독을 깼던 행패만 어렴풋이 떠오른다고 했다. 어머니는 더는 이야기하기 싫다는 듯이 묵묵부답이었다. 그렇다고 어머니한테 꼬치꼬치 캐물을 수도 없는 노릇이었다. 하긴 이제 와 무슨 소용이 있으랴마는 누나의 생모는 이미 남의 집 사람인 것만은 확실했다. 그렇지만 경덕 누나는 앞으로도 계속 우리와 친척의 연을 이을 것이고 관계는 지속될 터였다.

영정이 훤히 보이는 빈소에서 이런저런 생각에 잠겨있는데 팽주한테서 전화가 왔다. 벌써 장례식장의 로비에 와 있었다. 팽주는 일을 마치고 집에 들렀다가 내가 조문이 끝날 무렵에 맞춰서 왔다. 누나에게 사정을 이야기했다. 그제야 주위의 상황에 무표정하게 앉아있던 누나의 생모가 제정신이 드는지 내 쪽으로 다가왔다. 가까이서 바라본 얼굴에는 일생에 한 번도 부유함과는 인연이 없었던 듯 지속된 곤궁함이 덕지덕지 붙어있었다. 누나의 생모는 나에게 무슨 말인가 하려고 했다. 경덕 누나가 얼른 내 어깨를 감싸며 밖으로 밀어냈다. 누나는 나중에 서울 올라가기 전에 전화하겠다며 어서 가라고만 재촉했다. 누나의 생모와는 제대로 말 한마디도 못 했다. 굳이 들을 말도 없었다. 얼른 그 자리를 벗어나고만 싶었다.

장례식장이 있는 병원 로비로 나왔다. 팽주가 굵은 앞니를 드러내며 웃고 있었다. 그는 어느덧 시커먼 동네 '아베'가 되어 있었다. 어릴 적에 나이 먹은 어른들을 우리는 아베라 불렀다. 장례식장을 나서려는데 밖에는 비가 내리고 있었다. 로비에는 갑작스러운 빗줄기를 피해 몰려든 사람들로 웅성거렸다. 도로의 플라타너스는 비에 흠뻑 젖어있었다. 바닷가 횟집으로 가자는 팽주의 호의를 뿌리치고 근처의 술집으로 들어갔다.

"초등학교 졸업 후 처음이다, 그렇지?"

진짜 오랜만이었다.

"아니다 마. 중간에 우리 아버지 돌아가셨을 때 고향에서 한 번 만났다 아이가. 그 뒤에 우리 어머니까지 부산으로 완전히 이사 와 버리고는 처음이제."

오래되어서인지 팽주는 기억이 나와 달랐다. 그의 아버지가 돌아가셨을 때 난 군 복무 중이었다. 그의 아버지 소식은 제대 후에 들었다. 그가 착각했다.

팽주는 초등학교 졸업 후 바로 부산으로 떠났다. 그 시절에는 어린 나이에 돈을 벌려고 도회지로 떠나가는 것은 흔한 일이었다. 어쩐 일인지 우리 동네서 객지로 나간 사람들은 거의 부산으로 갔다. 두 지역은 교류도 적었고, 교통편도 서울로 가는 것보다 훨씬 복잡하고, 많은 시간이 걸렸다. 아마도 먼저 갔던 친지 한 사람이 일찍 부산에서 자리를 잡고 다른 친척들을 끌어준 모양이었다. 팽주도 벌교를 거쳐 순천에서 열차를 타고 부산으로 갔다. 부산은 물리적인 거리보다 색다른 말투 때문에 훨씬 더 멀게 느껴졌다.

팽주는 왼손에 파스를 붙이고 있었다. 축구를 하다 타박상을 입었다며 씩, 웃었다. 어릴 적에도 팽주는 축구를 좋아했다. 요즘도 쉬는 날은 하루 내내 축구를 했다. 오른손의 약지가 잘려있는 것이 눈에 띄었다. 용접 일을 하다 프레스에 눌렸다며 축구하는 데는 전혀 지장이 없다며 뭉툭한 손가락을 폈다 접었다 했다. 나를 보더니 이를 드러내며 웃었다. 보호난간 같은 도로 부속 설치물을 하청 받아 형과 함께 일했다. 나는 팽석 형의 안부를 물었다.

"말도 마라. 밤마다 소주 두 병씩 깐다. 잠이 오지 않는단다."

용접으로 칼칼해진 목구멍을 술로 벗기려 하는 모습이 선했다. 팽석 형도 초등학교 졸업 후 바로 부산으로 떠났다. 사십여 년 동안 아직도 고된 노동의 굴레를 벗지 못하고 있었다.

"그래도 너희 집은 괜찮았다 마. 너희 아버지와 어머니는 이장과 부녀회장도 했잖아. 우리는 쌀 한 톨 날 때가 없었다 아이가."

하긴 그의 집에 비해 우리 집이 조금 낫기는 나았다. 팽주네는 떼밭 하나 없으면서 어떻게 그 많은 식구가 버텼는지 의아했다. 남의 일을 도와주고 그 품삯으로 먹고산다고 해도 기본적으로 논밭이 조금 있어야 했다. 그 땅에다 온갖 잡다한 것들을 심어서 허기진 입들을 채웠다. 팽주네 형제는 날마다 산으로 나무를 하러 다녔다. 나뭇짐을 지고 집에 돌아와도 먹을 것이 없었다. 굶주렸지만 팽주는 항상 이를 드러내 보이며 웃었다. 자주 웃어서 쌕쌕이라는 별명이 붙었다. 배고픈 시절이었지만 팽주는 무엇이 좋은지 항상 쌕쌕 웃으며 온 동네를 뛰어다녔다. 동네가 좁다고 느낄 때면 앞산의 신선바위로 뛰어올랐다.

신선바위로 오르는 산 중턱에 헬기장이 있었다. 그곳에서 동네 아이들이 돌을 양쪽에 놓고 골대를 만들어 축구 시합을 했다. 대부분 같은 또래들이 한 팀이 되어 다른 또래들과 내기했다. 공을 차면 문제는 항상 골대로 삼은 돌 근처에서 생겼다. 골인 여부의 시시비비를 가리는 데 실제 축구보다 더 많은 시간이 걸렸다. 대부분은 덩치가 있는 형들이 이겼다. 그런데 팽주는 달랐다.

"그때 왜 악착같이 형들한테 대들었어?"

나는 뻔히 알지만 녀석이 직접 하는 말을 듣고 싶었다.

"그놈의 라면 때문이지."

지는 팀은 라면을 사야 했다. 그 시절 라면은 지금의 피자와 같았다. 색다른 맛과 도회풍의 음식인 점이 닮았다. 지금 아이들이 피자, 피자, 하며 노래하듯이 그때 우리는 라면을 맛있는 첫 번째 음식으로 꼽았다. 지금은 아이들도 피자를 쉽게 사 먹을 수 있지만 그 시절에 아이들은 라면을 살 돈이 없었다.

촌놈들에게 용돈이 있을 리가 만무했다. 라면을 사려면 밤에 큰일을 치러야 했다. 이긴 형들은 우리를 보며 빙글빙글 웃었다. 고소해 하며 모의하는 우리를 지켜보았다. 시합에 진 우리는 몰래 쌀을 퍼서 돈을 마련했다. 희생자는 보통 결정적인 실수를 한 녀석이거나 상대적으로 부유한 녀석이었다. 게임에 지면 그 일이 가장 난감했다. 그 때문에 팽주는 확실하지 않은 골인에는 절대 양보하지 않았다. 바라보는 각도에 따라 다르게 보이고, 게다가 골대가 아닌 돌 위로 날아간 애매한 슛 때문에 진다면 그것처럼 억울한 일도 없었다. 만약 졌는데도 라면을 사지 않으면 다른 보복이 따랐다. 야밤에 마을 뒤 묏등으로 집합 명령이 떨어졌다.

평상시에 인사를 제대로 하지 않는다는 그럴싸한 이유를 달았다. 그런 까닭에 팽주는 애매한 상황일 때는 확실하게 짚고 넘어갔다. 팽주가 악착같이 대들면 형들도 난감해했다. 어릴 때부터 악바리 근성이 몸에 배어 있었다.

팽주와 나는 어릴 적 시골에서 지내던 이야기에 취했다. 자연스럽게 마흔쯤에 죽은 상만 형 이야기가 흘러나오고 팽주의 어머니 얘기까지 흘러갔다. 그의 모친은 부산에서 가까운 집안사람들만 모여서 간단하게 상을 치렀다고 했다. 산소를 어디에 썼느냐고 물었다. 화장해서 이곳 공원묘역에 모셨다고 했다.

"왜! 시골에 선산이 있잖아? 큰집이 아직 시골에 있는데."

"변변찮은 우리 때문에 큰집에 피해 주기 싫었어. 태어나기만 그곳에서 태어났지, 우리가 그곳에 집이 있냐? 땅이 있냐? 너희나 만나면 시골 고향 얘기를 하지 평상시엔 이곳이 나에게 더 고향 같아. 나처럼 고향 떠나 이곳에 흘러들어와 사는 사람들도 많고……."

근래에 고향에 납골당을 지었는데 연락이 왔었는지를 물었다. 자기들은 이미 고향과 너무 멀어져서 참석하지 않겠다고 말했다 한다.

"고향 하면 어릴 적에 배고팠던 기억과 나무 져 나르던 생각밖에 없어. 고향은 나에게 실재하고는 거리가 먼 꿈속 같은 곳이야. 아침에 일어나면 사라지고 마는……."

팽주네가 살았던 시골집은 지금은 비어 있었다. 양철지붕은 이미 녹이 슬고 삭아서 구멍이 뚫렸다. 사방 바람벽은 하나둘 허물어져 버렸다. 마당에는 잡초만 가득 찼다. 죽음 얘기가 나오니 서로 술잔을 자주 부딪쳤다. 팽주가 담배 연기를 길게 뿜더니 재떨이에 비벼 껐다. 갑자기 웃으며 일어나 나의 얼굴을 두 손으로 감싸고 이마를 마주 대더니 비비기 시작했다. 머릿속에서 추억이 난무한 모양이었다.

"친구들한테는 미안하지만 나에게 고향은 악몽이야. 왠지 억울했던 생각들이 많아. 우리 가족을 머슴처럼 부려 먹던 땅 많던 놈들의 얼굴과 비굴했던 우리 식구들도 생각나고. 그 사람들을 생각하면 아직 용서되지 않아."

팽주는 잡고 있던 손을 풀면서 다시 앞에 놓인 술잔을 들었다. 밖에는 빗물 속에 택시 달리는 소리가 들렸다. 세월이 쟁기질하며 우리 둘의 마음에 골을 내는 것 같았다.

"용접하면서 프로야구 중계를 자주 듣거든. 가장 따분한 날이 월요일이야. 도대체 왜 그날은 야구를 안 하는지 온종일 일할 마음이 생기지 않아. 짜증만 났다 아이가."

팽주는 낯선 말과 색다른 문화 속에서 향수를 야구로 삭였다. 연민이 생기자 왠지 씁쓸해졌다. 목소리가 작아지면서 그 사이로 빗소리가 파고들었다. 술집 안에 공허한 바람이 맴돌았다. 어느 순간 둘의 얘기는 환풍기를 통해서 바깥 어둠 속으로 사라졌다.

시간이 얼추 새벽 4시가 되었을 때 누나한테서 전화가 왔다. 다섯 시 첫 열차로 올라가는지 재차 확인했다. 서울 올라가기 전에 잠깐 얼굴이나 보자고 했다. 무슨 일인지 모르지만, 꼭 역까지 나올 필요가 있느냐고 묻자 별일 아니라고만 했다. 시간이 조금 여유가 있었지만 네 시쯤에 술집에서 나왔다. 더 할 말도 없었다. 그보다 분위기를 벗어나고 싶었다. 어젯밤 늦게부터 내리던 비는 아직도 빗줄기가 줄어들지 않았다. 부산역에 도착하자 팽주가 열차표를 끊어왔다. 괜찮다고 해도 막무가내였다. 고향 친구에 대한 마지막 대접이었다. 이제 늦었으니 집에 들어가라고 해도 그는 웃고만 있었다. 경덕 누나와 얘기를 나눠야 하기에 그를 보내야만 했다. 악수하고 포옹했다. 굵은 뼈가 느껴지는 탄탄한 몸에서 어릴 적 축구를 하면서 껴안았던 온기가 느껴졌다.

"조심해 올라가거라. 너는 우리 또래의 우상인 거 잊지 말고……."

조그만 출판사를 운영하면서 간당간당 살아가는 마흔 후반의 사내에게 이제 이런 말은 스쳐 가는 바람에 불과했다. 그런 말에 혹할 나이도 아니지만, 술에 취해서인지 아직도 그렇게 생각해 주는 친구가 왠지 고마웠다. 의지대로 세상을 바꿀 수 있을 것으로 생각했던 젊은 날의 치기는 지금은 머릿속 어느 구석에도 남아 있지 않았다. 그런 의지는 세상이 왠지 답답하고 울컥해서 술을 마셨을 때나 가끔 생겨날 뿐이었다. 그가 택시를 타고 손을 흔들며 갔다. 나는 머리를 세차게 흔들어 언뜻 느꼈던 치기를 지워 버렸다.

경덕 누나가 왔다. 우리는 대합실 밖에 차양이 쳐져 있는 의자에 앉았다. 건너편 조금 떨어진 의자에서는 두 명의 노숙자가 술을 마시고 있었다. 비는 아직 그대로 내리고 있었다. 젖은 플라타너스의 어린잎들이 하늘을 향해 손을 뻗고 있었다. 술기운이 아니었더라면 엄청 피곤했을 시각이었다. 하룻밤을 그대로 지새웠다. 열차에 오르면 바로 잠에 떨어질 것 같았다. 멍하니 앞쪽만 쳐다보았다.

"내 어머니에 대해 어떻게 생각해?"

누나가 물었다. 나는 멍하니 바라보며 머뭇거렸다. 내게는 지나온 삶이 전혀 행복하지는 않았을 것처럼 보였다. 머릿속에 떠오르는 대로 말하기에는 무엇인가 꺼림칙했다. 누나는 노숙자들이 신경 쓰이는지 그쪽을 계속 힐금거리며 말을 했다. 누나의 어머니가 부산에 와서 만난 의붓아버지는 뿌리가 없이 타지에서 흘러들어온 떠돌이였다. 오늘 조문객도 그쪽은 아무도 없었다. 아버지뿐만 아니라 어머니도 사실 연락할 데가 거의 없었다. 앞으로 나이 들고 몸마저 편찮은 어머니를 어떻게 해야 할지 걱정이든 모양이었다. 누나가 모시고 살려고 해도 어머니가 완강하게 거부를 한다며 계속 얘기를 이어 나갔다.

"이런 말을 누구한테 해야 할지 모르겠지만 그래도 네가 가장 이무러워서 말하는 거야."

누나는 나를 바라보며 조금 뜸을 들였다.

"우리 엄마가 돌아가시면 시골 아버지 곁에 묻혔으면 하는가 봐……."

"……."

누나는 내 반응을 보려는지 조금 가까이 다가왔다.

"집안 어른들과 오빠한테 네가 말 좀 잘 해줬으면 좋겠어."

어찌 보면 차남인 나는 집안일에 곁다리에 불과했다. 집안의 대소사는 어른들과 장남인 형이 의논하여 처리했다. 차남은 그 결과만 듣게 되는 경우가 대부분이었다.

내 생각에는 누나의 생모가 바라는 것은 우리 관습상 아직 받아들일 수 없는 일이었다. 수십 년을 언덕배기 아래서 홀로 자식을 키우며 수절하신 먼 집안 숙모뿐만 아니라, 말도 꺼내지 말라고 손을 내저으며 고개를 절레절레 흔드실 어머니의 목소리가 동시에 들려왔다.

"오메! 무신 염빙할 소리다야!"

나는 누나의 시선을 피했다. 이마에 손을 짚고 머릿속 생각을 정리하는 척했다. 세상에 재가한 여자가 어찌 저런 생각을 할까 하는 속말이 부글부글 끓었다. 이제 와 작은아버지 무덤 옆에 묻히고 싶다고 해서 실행될 가능성도 없었다. 굳이 이른 새벽에 나에게 말할 정도면 누나 생모의 바람이 얼마나 간절한지는 어림할 수 있었다. 혹여 누나의 생모가 가볍게 한숨 섞인 소리를 했는데 누나가 애가 타서 그랬을 수도 있었다. 어쩌면 살아있는 누나가 더 원하는지도 몰랐다. 따로 떨어진 무덤을 볼 때마다 속상하지 않을 자식이 어디 있겠는가. 당장에 어떤 약속도 할 수 없었다. 시골 집안에서 반대할 거라는 말을 핑곗거리로 흘리기만 했다. 누나는 어색한 표정을 지으며 다시 나의 표정을 살폈다.

"갑자기 엄마가 먼저 얘기를 꺼내는 것이 아무래도 오래 사시지 못할 것 같아. 자식 된 도리로 집안 의견이라도 알고 싶어서……."

조상의 묘가 있는 고향 언덕배기는 무언가 모를 포근함이 있었다. 멀리 개펄 사이로 바닷물이 보이고 주위로 넓은 논들이 펼쳐져 있는 시골의 전형적인 마을의 뒷동산이다. 그곳에 작은아버지의 묘는 덩그러니 혼자 놓여있었다. 누나의 생모는 이제 와 왜 첫애를 낳아 둥지를 틀고 살았던 곳이 그리웠을까. 아니면 재가해서 다른 남자와 살아보니 첫 지아비가 그래도 가장 마음속에 남았던 것일까. 그것도 아니면 딸자식이 홀로된 무덤 앞에서 속 상할까 염려해서였을까. 팽주의 생각과 너무나 달랐다.

서울로 올라갈 열차의 출발 시각이 다 되었다. 누나의 배웅을 뒤로 하고 열차에 오르자마자 눈을 감았다. 피곤했다. 어지러웠 다. 이곳을 떠난다고 해서 우리 시대의 가난하고 침침한 그림자 에서 쉽게 벗어나지는 못하겠지만, 차를 타고나니 왠지 마음만 은 홀가분했다. 하지만 눈을 감고 자려고 해도 쉽게 잘 수가 없었 다. 많은 상념이 한꺼번에 머릿속을 파고들었다.

한때 누나는 핏덩이인 자신을 놔두고 도망치듯 가버린, 그로 인해 아버지의 술주정은 더욱더 심해지고 홧김에 농약을 들이켜 게 했던, 자신의 어머니를 도저히 용서할 수 없다고 말하곤 했 다. 하지만 늙어버린 어머니를 대하면서 점차 자신의 마음이 누 그러지는 것은 어쩔 수 없었다.

처음에는 나도 노인네의 뻔뻔함이 조금 가당치 않았다. 노욕 이 노추를 부른다는 말이 떠올랐다. 얘기를 들을수록, 듣고 난 후 시간이 지날수록, 한 곤궁한 여인의 얼굴이 마음을 어지럽혔다. 차창 밖으로 흘러가는 나무와 논밭들, 그리고 산들이 화면처럼 쉭쉭 속도를 내며 지나갔다. 외할머니의 묘를 이장한다고 했던 어머니의 말이 생각났다. 외할머니의 장례가 치러지는 날에도 마 음이 착잡했었다. 겉으로 드러나지는 않지만 그런 일들이 의외로 우리 풍습 속에 꽤 많이 일어나고 있었다.

외가 마을은 이십여 가구로 이루어진 시골의 흔한 집성촌이다. 야트막한 야산 아래에 마을 앞에는 넓은 벌판이 있다. 외할머니의 빈소는 넓은 마당 한쪽에 차려있었다. 개나리색 한복을 입은 외할머니는 영정 속에서도 잔뜩 상을 찌푸리고 있었다. 예를 차리고 상제와 맞절하는데 외삼촌들 사이에 낯선 얼굴이 보였다. 그것도 맏상제 자리였다. 외삼촌과 비슷한 연배나 연상으로 보였다. 궁금했지만 조문객으로서 누구냐고 물어볼 수 없었다. 게다가 외가와 거의 왕래가 없던 나는 외삼촌과도 서먹서먹했다. 빈소를 나와 마당에서 외가 친척분들께 인사를 하고 교자상 앞에 앉았다. 잠시 후 건너편 구석진 곳에서 맏상제 자리에 있던 낯선 분과 외삼촌 그리고 동네 노인 한 분이 언성을 높이며 얘기를 주고받았다.

"이건 도리가 아니제. 내가 팔십 평생을 살면서 이런 경우는 처음 봐."

촌수가 먼 친척인 듯한 노인이 소리를 쳤다.

"두 집안에서 그렇게 하기로 얘기가 되었으니 어르신이 이해해 주십시오."

외삼촌이 조용하면서 예의 바르게 말했다.

"그래도 이런 경우는 없어. 세상에 어떻게 이 집안으로 시집와

육십 년을 함께 살아온 사람을 다시 그쪽으로 보낸단 말인가."

"그럼 어르신은 어떻게 했으면 좋겠습니까?"

외삼촌의 말에 동네 어른은 막걸리를 한잔 걸치더니 잔을 탁, 소리 나게 놓았다.

"으흠, 험험험!"

"어르신도 알다시피 딱히 방도가 없잖습니까?"

"그래도 이런 경우는 없어. 팔십 평생을 살았지만 처음이야."

무슨 얘기를 하는지 얼른 짐작이 오지 않았다. 어머니에게 눈짓으로 무슨 얘기냐고 물었다.

"외할머니 무덤 때문에 그런단다."

어머니는 주위를 살피면서 조용히 말했다. 무덤 때문이라면 혹 외할머니가 유언으로 화장하라고 했나. 요즘 시골에서 가족 납골당을 많이 짓는 추세이니 미리 화장을 한데도 별 이상한 것도 없지 않은가. 옆에 가만히 앉아있던 형이 물었다.

"저기 상주 한 분은 누군가요? 외사촌 누나의 남편인가요?"

"아, 그 사람. 걔 남편은 아니고, 저기 외할머니 전남편한테 낳은 자식이란다."

외할머니가 재가해 왔다는 것을 깜빡 잊고 있었다. 우리는 아주 어릴 때부터 외할머니를 봐 왔기에 당연히 외할아버지의 첫 부인으로만 생각했다. 외할머니는 스물일곱에 그쪽 집안에 아들을 맡기고 외할아버지에게 재가를 왔다. 조금 낯설지만 사실인 것은 확실했다. 지금 선산에 외할아버지와 나란히 묻혀있는 첫 번째 외할머니는 세 명의 자식을 얻었다. 두 번째 외할머니가 재가한 후 낳은 자식도 세 명이었다. 전 부인이 낳은 자식들의 뒷바라지를 다 했고, 자신이 낳은 세 자식까지 키우느라 오십 살이 넘어서는 자주 아팠고 늘 찌푸린 얼굴이었다.

"일찍부터 너희 삼촌들과 서로 형제간으로 지내왔단다."

어머니가 지금 상황을 말했다.

"그래도 그렇지. 이건 인간의 도리가 아닌 것이여. 망자한테도 예의에 어긋나."

다시 동네 먼 촌수의 할아버지가 큰 소리로 외쳤다.

제례 관습상 외할머니는 본처가 아니므로 외할아버지와 함께 무덤을 쓸 수는 없었다. 이런 경우에는 대개 선산의 조상 묫자리와 조금 떨어진 곳에 따로 무덤을 썼다. 요즘 세상에, 그것도 육십이 가까운 외삼촌들에게 그런 관습이 탐탁할 리 없었다. 그런 중에 외할머니의 전 아들이 조심스럽게 자신의 의견을 내놓았다. 자신의 아버지와 나란히 묘를 쓰기 전에 먼저 다른 곳에 무덤을 써 육탈을 한 후에 이장했으면 어떠냐는 것이었다. 주위의 직접적인 눈총을 피하려는 의도였다. 시골에서 외할머니를 모시고 살던 외삼촌은 말할 것도 없고 서울에 사는 외삼촌도 흔쾌히 좋다고 했다. 그런 계획은 어느 곳에서인지 모르게 스멀스멀 마을 사람들에게 흘러나갔고, 먼 촌수의 노인이 큰소리칠 수 있는 빌미를 제공했다.

"저도 이제 어머니를 용서해 드리고 싶었습니다."

외할머니의 전남편 아들이었다. 낮지만 또박또박한 말씨였다. 잠시 후 먼 촌수의 노인이 어안이 벙벙한 표정으로 자리를 떴다.

상여가 나가는 날은 아침부터 비가 오락가락했다. 상여가 마을 앞 넓은 벌판을 지나자 사람들의 신발이 흙으로 범벅이 되었다. 모두 덕지덕지 묻은 신발을 털면서 질퍽거리는 논길을 지났다. 넓은 벌판 끝에 너덧 채의 집이 있었다. 그중에 대문이 커다란 집 앞에 상여를 세우고 노제를 지냈다. 외할머니가 개가하기 전에 살았던 집이었다. 그사이에 조문객들은 새참을 먹었다. 마침 오락가락하던 비도 그치고 구름 사이로 파란 하늘이 살며시 자기 민낯을 드러냈다.

벌써 두 해 전의 일인데도 마치 며칠 전처럼 생생하게 떠올랐다. 속도를 내며 달리는 열차 속에 있으니 방금 경덕 누나와 나눴던 어지러운 대화들이 타인의 일인 것처럼 멀게 느껴졌다. 종종 빠른 이동 수단은 제도와 관습뿐만 아니라 기억을 벗어나려는 세월처럼 느껴질 때가 있었다. 속도는 기존에 있던 제도와 관습이 변하는데도 필요하지만, 현재 진행되고 있는 난잡한 일들을 잊는데도 도움이 되었다. 속도가 필요한 내 머릿속에는 당장에라도 시공간을 초월하고 싶었다. 기차가 달릴수록 차츰 머릿속이 맑아지기 시작했다. 하룻밤 동안 실타래처럼 얽힌 일들이 블랙홀 속으로 흡수되듯이 어느새 속력에 적응한 몸과 마음은 나를 먼 잠 속으로 밀어 넣었다. 서울역에 도착하면 지금 시대의 제도와 관습들이 사라지고 새로운 시대의 풍습들이 펼쳐져 있을 것 같은 기대감이 조금씩 번지고 있었다.

포토타임 외전

포토타임 외전
─그녀가 찾아왔다

 카톡이 울렸다. 출근하는 길이었다. 내용을 보려다 그만두었다. 지하철 안은 복잡했고 특별히 중요한 내용이지도 않을 것 같았다. 지하철역을 몇 군데 지나자 멍하니 서 있는 것도 무료했다. 다시 스마트폰 화면을 보았다. 새로운 메시지라는 원 표시가 신경 쓰였다. 왠지 지우고 싶었다. 카톡을 열었다.

 '오늘 시간 되면 볼까? 너 시간 맞춰서 갈게.'

 저장되지 않은 전화번호였다. 미처 전화번호를 저장하지 않은 여자 동창이 있었나 생각해 보았다. 전철역을 몇 군데 더 지났다. 그제야 어렴풋이 누군지 짐작이 갔다. 답장을 보내려다 잠시 멈췄다. 혹시 아닐지도 모른다는 의심이 들었다. 하지만 내려야 하는 시청역이 가까워질수록 그녀라는 확신이 더해졌다.

만나면 어떻게 대답하지. 미리 할 말을 생각해놓아야 당황하지 않을 것인데. 모르지. 내 소식을 듣고 그냥 만나려고 오는지도. 아냐, 지금까지 사십여 년을 연락도 없이 살았는데 그냥 올 리가 없지. 분명히 할 말이 있어서일 거야. 물론 소설 때문이겠지. 출간한 지 다섯 달 정도 지났으니 그녀도 읽었을 거야. 어쨌든 만나보면 알겠지. 죽을죄를 지은 것도 아니고.

나는 될 대로 되라는 식으로 열한 시 반에 덕수궁 앞에서 만나자고 했다.

작년에 소설 『포토타임』이 책으로 나왔다. 그 후로 계속 불안했다. 먼저 수문군들의 반응이 걱정되었다. 소설 속 인물로 등장하는 수문군마다 화를 내면서 따질 것만 같았다. 소설 속에서 한 사람 한 사람마다 주의해 묘사했지만 누군가는 불만이 있을 수도 있었다. 특히 시골 동창들은 여주인공이 누군지에 집중되었다. 가공인물이라 했는데도 누구 아니냐며 계속 물어보았다.

열한 시 반부터 오후 한 시까지면 시간이 충분했다. 그런데 막상 교대하고 대기실에 들어오니 열한 시 이십 분이었다. 시간이 빠듯했다. 행사복을 갈아입고 부리나케 세면실로 갔다. 수염을 깎고 얼굴에 가볍게 스킨과 로션을 발랐다. 늦었구나 하는 생각이 들자 마음과 달리 몸은 천천히 움직였다. 조금 늦더라도 깨끗이 하자. 부랴부랴 준비하고 덕수궁 궁궐 문 앞으로 갔다. 열한

시 사십 분이었다. 두리번거리는데 멀리서 한 여자가 손을 흔들며 내 쪽으로 다가왔다. 생각보다 나이 든 아주머니였다.

"어, 예상했던 서경의 모습이 아닌데."

소설 속에서는 처음 만날 때 서로가 말하지 않아도 자연스럽게 상대편을 느낌으로 알 수 있었다. 순간, 다가오던 여자는 앞에 서 있던 다른 여자의 손을 잡고 팔짝팔짝 뛰며 좋아했다. 휴, 다행이었다. 나는 몸을 한 바퀴 돌려 덕수궁 대한문 앞을 휙 둘러보았다. 생각했던 그녀의 모습은 여전히 보이지 않았다. 덕수궁 안으로 들어갔을 리는 없을 테고. 다시 대한문 앞 광장을 천천히 살폈다. 궁궐 문 앞에는 동료 수문군 세 명이 월도를 들고 서 있었다. 근시용 안경을 썼더니 근무를 서고 있는 수문군이 누군지 얼굴이 정확하게 보이지 않았다. 방금 교대했는데도 시간에 쫓겨 누군지 신경 쓰지 않았기 때문이었다. 조금 지나자 덕수궁 돌담길에서 한 여자가 걸어왔다. 마스크를 썼지만 그녀가 확실했다. 소설 속에서의 만남은 무언가 찌르르한 울림이 있었지만 그런 느낌은 없었다. 약간 설레는 정도. 나를 보고 손을 흔들었다. 초등학교 때 그녀가 전학을 간 뒤 처음 만나는 데도 전혀 어색함을 느낄 수 없었다. 소설 속에서부터 현실까지 연장된 것처럼 뭔가 익숙했다. 마스크로 가린 얼굴에 까만 눈동자만 웃음이 가득했다.

식사하기에는 조금 일렀다. 그녀에게 의향을 물었다. 늦게 아침을 먹었다며 옆에 있는 '디 초콜릿' 카페를 바라보았다. 코로나 시대인데도 마스크를 쓴 사람들로 북적였다. 카페로 들어갔다. 무인 주문 결제기인 키오스크에 카드를 넣었다. 주문 절차를 사람이 아닌 기계로 하는 카페였다. 이렇게 화면을 터치하며 주문하는 식당이나 카페는 낯설었다. 나는 아메리카노를 그녀는 카푸치노를 주문했다. 버튼을 누르는 손이 버벅거렸다. 그녀 앞에서 헤매니 머쓱했다. 주문을 마치고 기다리고 있으니 주문 번호가 스마트폰에 떴다. 주문한 카푸치노와 아메리카노를 가지고 왔다.

"이게 내 거지. 이 집 기품이 있네."

그녀가 주문한 카푸치노는 맨 위 거품에 갈색의 별 모형이 그려져 있었다. 마스크를 쓴 그녀의 얼굴에서 눈동자만 어릴 때처럼 웃고 있었다. 이런 모습을 오래전에 어디에선가 본 듯했다. 소설 속이었는지 아주 어릴 때 진짜로 그랬는지 헷갈렸다. 머릿속에서 먼 옛날로 생각의 줄기가 뻗으려 했다. 얼른 주저앉혔다. 소설 『포토타임』을 쓴 후로 기억 속에서 잘 정리되었던 과거 일들이 자주 흩어지며 얽혔다. 얽힌 줄기를 추리다 보면 피곤했다. 그때마다 지난날들이 까마득하니 멀리 느껴졌다.

"어찌 나이에 비해 몸이 홀쭉한 것 같다."

그녀가 조금 걱정스러운 표정으로 나를 보았다. 하긴 근래에 몸무게가 오 킬로그램이나 빠졌다. 『포토타임』을 쓰고 난 뒤로 상당히 부대꼈다. 게다가 신경을 많이 써서인지 최근에 한 나흘 간 이석증으로 심하게 고생했다.

"이석증? 힘들었겠다. 나도 이명이 들린 지 오래되었는데……."

좋다. 이런 나이가 사실 평온하다. 어떤 세월의 고개를 넘은 후 나지막한 언덕에 앉아 있는 느낌, 따스한 봄날에 궁궐 앞에서 만나는 것, 이런 것이 좋다. 소설처럼 된 느낌이다.

"이석증은 귀에 평행을 잡아주는 조그만 돌이 이탈한 것이라며."

그녀가 걱정스레 바라보았다. 병원에 갔을 때 의사가 물었다. 요즘 심한 스트레스 받은 일 있어요? 소설 쓰는 것이 스트레스받는 일이었다. 소설의 흐름에 맞게 인물을 재설정하는 것이 아직은 서툴렀다. 결국 의사는 나이가 드는 증거라고 했다. 사람의 치아, 코, 인후, 눈, 귀, 무릎, 허리 디스크, 이런 모든 것들이 노화의 과정에 나타나는 증상이었다.

내가 조금 말이 많다는 생각이 들었다. 오랜만에 만났는데 말때문에 그녀가 피곤하면 곤란했다. 그것도 소설 속 여자주인공에게 밉보일 필요는 없었다.

"첫 장편인데 언론에 기사가 많이 났데?"

나는 고개를 끄덕였다. 그녀가 내 소설 이야기를 하니 나도 계속 소설 이야기를 하고 싶었다. 책을 낸 후 가장 달라진 것 중의 한 가지였다.

"그런데 일반 신문 기사보다 인터넷 블로그 글이 더 좋았어. 그중에 '꽃 보듯 너를 만나다'라는 블로그에 소설 감상문이 올라왔는데 정말 감동적이었어."

나는 그녀에게 자랑처럼 그 블로그 글을 얘기했다.

글을 쓴 사람은 예전에 자기가 덕수궁 근처를 거닐던 그때, 지금 여기서 소설 속 주인공인 서경과 원형이 이야기를 나눴겠구나. 이 술집에서 한잔하며 눈빛을 반짝거렸겠구나. 정치적 목소리를 내는 단체집회 장소가 대한문 앞 광장이었는데 그때 수문군들은 우리 때문에 한나절 쉬었겠구나, 하는 식으로 글을 썼다. 블로그에 글쓴이의 옛 그림자가 내 소설 속의 거리와 궁궐 정원을 거니는 듯한 느낌. 글쓴이는 시인이었다. 작가들이 원래 남의 글 잘 안 읽어주는데 그런 글을 써 줘서 고마웠다.

요즘은 소설 이야기만 나오면 말이 많아졌다. 그녀가 마스크 속에서 살짝 웃었다.

"시인의 글이 감성적이었나 보네."

그녀가 내 성격을 은근히 잘 아는 것처럼 얘기했다.

"맞아. 내가 감성적이고 몽환적인 글을 좋아해. 그래서 그 글이 그렇게 마음에 와닿았나 봐."

그녀가 스마트폰을 계속 손에 들고 있었다. 스마트폰 케이스가 자꾸 거슬렸다. 케이스가 있으면 왠지 나이 든 사람처럼 보였다.

"스마트폰 줘 봐."

그녀는 왜 그러느냐며 스마트폰을 꽉 쥐었다. 그런 채 내 스마트폰을 보았다.

"근데 너 스마트폰은 엄청 새것이네."

내 스마트폰은 오래되었다. 하지만 케이스를 벗겨버렸더니 깔끔하게 보였다. 나는 렌즈 클리너를 하나 꺼냈다. 요즘 코로나 팬데믹으로 많이 팔리는 제품이었다. 내 스마트폰 화면을 닦았다.

"그런 제품도 있네. 난 화장지로 닦는데."

그녀는 진짜 처음 본다는 표정이었다. 그제야 내게 스마트폰을 건넸다.

"케이스를 벗기면 새것처럼 보여. 젊은 수문군들하고 같이 생활하니 이런 자잘한 것에서 덕을 봐."

그녀의 스마트폰 케이스를 벗겼다. 그녀의 프라이버시를 벗기는 느낌이었다. 나도 모르게 씩 웃음이 나왔다. 그녀가 왜 그래, 하는 표정을 지었다.

케이스를 벗기니 뒷면에 먼지가 많았다. 먼저 화면을 닦았다. 클리너 한 장이 금방 더러워졌다. 그녀는 낯을 붉혔다. 아직도 소녀처럼 부끄러워하는구나. 한 장으로 부족했다. 클리너를 하나 더 꺼냈다. 그녀가 조금 생소한 듯 계속 바라보았다. 새 클리너로 화면을 마무리했다. 스마트폰 화면이 새것처럼 깨끗했다. 이제 뒤 몸체를 닦았다. 그녀는 이제 편안하게 바라보았다. 마스크를 쓴 사람들이 계속 카페를 드나들었다. 팬데믹이 벌써 육 개월째였다.

빵을 조금 먹자고 하니 그녀는 별로 생각이 없다며 고개를 흔들었다. 점심때인데 배도 별로 고프지 않았다. 시청 뒤편 지하도에 있는 칼국수 집이 깔끔한데 거리가 조금 멀었다. 무작정 다른 식당을 찾아 나서기도 시간이 애매했다. 괜히 오가며 시간을 버리면 한시까지 금방 지나가 버릴 터였다.

"그럼 덕수궁 궁궐 좀 걸을까?"

내 말에 그녀의 얼굴이 환하게 바뀌었다. 카페 '디 초콜릿'을 나왔다.

대한문 앞 광장은 햇볕이 여전히 좋았다. 사월, 서울 한복판의 궁궐 앞마당에서 소설 속 주인공 여자와 소설 속 궁궐을 걸어갔다.

덕수궁 안 금천교를 지나 오른쪽으로 길을 잡았다. 조금 걸으니 오른쪽으로 진홍색의 명자나무꽃이 활짝 피어 있었다. 그 앞에서 사진을 찍는 사람들로 북적였다. 나무가 지금까지 보았던 명자나무보다 훨씬 컸다. 나무가 크니 명자나무가 아니라 다른 특이한 나무처럼 보였다. 키 작은 관목이던 명자나무가 언제부터 키가 큰 교목으로 바뀌었나 싶었다.

"요즘 나무도 아이들처럼 잘 먹으면 키가 큰가 보네."

그녀가 살며시 웃었다.

명자나무꽃은 아주 진한 홍색이었다. 꽃잎이 크니 홍색이 더 진하게 느껴졌다. 사춘기 때에 명자나무꽃을 보면 마음 깊은 곳에서 뭔가 모를 욕정이 스멀거렸다. 여자아이들의 몸속 어딘가에 저런 진홍색의 욕정이 감춰져 있을 거라 상상했다. 그런 밤이면 쉽게 잠을 잘 수가 없어 밖으로 뛰쳐나왔다. 몇 시간 동안 밤길을 걸어 다니며 불처럼 이글거리는 정념을 식히곤 했다.

"서울 와서는 덕수궁에서 처음으로 명자나무를 보네."

그녀는 조용조용 말했다. 명자나무를 시골에서는 맹자나무로 불렀다. 장독대 주위에 몇 그루씩 심어 울타리로 삼았다. 쥐똥나무처럼 나무로 담을 표시했다.

"그래? 소설에서도 느꼈지만 나무를 많이 아네."

함녕전 주위 정원에 작약 싹이 올라오고 있었다. 그 주위로 모란 잎이 싹을 틔우고 있었다. 모란 싹은 마치 이른 봄의 두릅 싹을 보는 듯했다. 어린 시절에는 작약과 모란을 잘 구별하지 못했다. 시골 우리 집에는 모란과 작약이 없었다. 두 꽃나무는 마을에서 그래도 조금 잘 산다는 집의 꽃밭에서만 볼 수 있었다. 모란과 작약은 서민의 꽃이라기보다는 돈 많거나 있는 집의 꽃에 가까웠다. 특히 모란꽃을 볼 때마다 부잣집 누나들의 모습이 연상되었다. 예쁘지만 가까이 가기에는 먼 그들. 명자나무꽃이 시골에서 선머슴처럼 자란 여인들의 꽃처럼 느끼는 것과는 달랐다. 모란은 정갈하면서도 세련된, 하지만 치마 속에 감춰진 숨은 욕정을 누를 줄 아는 그런 꽃처럼 느꼈다. 묘한 느낌이 아마도 진한 자주색에 노란 꽃술을 보고 있으면 더 그렇게 생각되었다. 덕수궁에는 모란이 의외로 많았다. 오월 초만 되어도 모란꽃 향기가 궁궐에 가득했다.

조금 더 걸었다. 오른쪽으로 덕수궁 담장이 나타났다. 오래된 회화나무 앞에 섰다. 속이 텅 빈 아주 오래된 나무다. 나는 이제 궁궐 문화해설사가 되어 그녀 앞에 섰다.

"이 안의 버섯을 봐. 이게 말굽버섯이야."

"말굽버섯?"

"그래. 말발굽처럼 생겼잖아."

나는 버섯을 만지며 그녀의 주의를 끌었다.

"잘 봐. 이렇게 물결 같은 굽이 한 살이야. 이 버섯은 네 살 정도 되었네. 아래에서 올려다보면 더 크게 보여."

처음 이 버섯을 발견했을 때 너무 신기했다. 서울 한복판 궁궐에 산속에서나 있을 버섯이 자생하다니. 관광객들이 알면 구경거리가 충분히 될 성싶었다. 덕수궁 직원에게 말굽버섯이 있다고 알려줬다. 그런데 아무런 설명서나 접근금지 표시판을 설치하지 않았다. 말굽버섯이 별로였을까. 저 정도면 말굽버섯치고는 큰 편에 속했다.

"버섯까지 잘 아네. 아, 저기 벌써 라일락이 피었다!"

그녀가 정원 한편에 피어 있는 꽃을 가리켰다. 그녀가 가리키는 곳을 바라보았다. 진달래가 보이고 그 뒤로 산수유가 노랗게 피어 있었다. 라일락은 보이지 않았다. 라일락 나무가 어디 있지?

"여기야 여기."

조그만 라일락 나무 한 그루에 보라색 꽃이 피어 있었다.

"애걔! 달랑 한 줄기 라일락 나무야. 이렇게 작으니 눈에 안 띄지."

이런 대화를 주고받으니 그녀와 벌써 오래전부터 계속 연락을 주고받았던 사이처럼 느껴졌다. 시간이 갈수록 지금 이 상황이 소설 속인지 현실인지 헷갈렸다. 그녀가 나를 찾아온 이유가 꼭 있을 것처럼 생각되었다.

라일락, 수수꽃다리. 순수 우리말 이름도 좋고 라일락도 괜찮다. 살면서 둘 다 좋은 경우는 별로 없는데 라일락은 예외였다.

그녀는 오른쪽으로 나 있는 덕수궁 안길을 신기한 듯이 바라보았다. 영국대사관 때문에 막힌 길을 덕수궁 담장에 협문 두 개를 만들어 서로 연결해놓았다. 새로 생긴 덕수궁 둘레길이다. 둘레길너머 궁궐 담장 밖에 수문군 대기실이 있었다. 이곳 정원에서 바로 갈 수는 없었다. 가려면 덕수궁 정문을 통해서 가야 했다.

"저 길 생긴 지 이삼 년 되었어."

"덕수궁 돌담길은 많이 걸었는데 여기는 몰랐네. 오늘 좋은 거하나 알았다."

말을 들어보니 그녀는 이 근처에 사는 모양이었다. 소설에서도 그랬다. 그녀와 덕수궁 정원을 걷다 보니 어찌 지금이 소설 속인지 현실인지 몽롱했다. 볕 좋은 봄날이다.

어느새 마로니에가 서 있는 후문에 닿았다.

"이 나무가 마로니에야. 우리나라에서 가장 오래된 마로니에. 칠엽수는 마로니에를 일본에서 개량한 거야."

소설 속에서 다 얘기했는데 현실에서 다시 얘기해야 하나?

"아, 그 마로니에."

그렇지. 이미 알고 있겠지. 소설 속 여주인공과 있으니 자꾸만깜박깜박 헷갈린다.

"맞아 그 마로니에야. 네덜란드 공사로부터 선물로 받은 거지. 두 그루."

줄기는 시커멓고 굵지만 가지는 적고 가늘었다. 사월이라 잎이 나려면 아직 멀었다고 하지만 너무 앙상했다. 가지에 따른 잔가지가 거의 없기 때문이었다. 맨 처음에 마로니에라는 말을 들었을 때 뭔가 웅장한 나무의 모습이 그려졌다. 실제로 보니 마로니에 나무를 보니 유럽 사람들은 뭐 이런 나무를 좋아했나 싶었다. 『제인 에어』에 나온 마로니에 나무의 환상적인 묘사와는 느낌이 달랐다.

'달은 아직 지지 않았다. 그런데 우리는 그늘 속에 앉아 있었다. 바로 내 곁에 있는 주인의 얼굴도 보이지 않았다. 무엇이 마로니에 나무를 괴롭혔던가? 마로니에 나무는 몸을 뒤틀고 신음하고 있었다.'

그다음 바람이 아우성치고 청회색의 섬광이 번쩍하며 와지끈 꽈르르한 소리가 들린다.

'이튿날 아침, 내가 잠자리에서 일어나기 전에 아델러가 뛰어와서, 과수밭 끝에 있는 거대한 마로니에가 간밤에 벼락을 맞아 나무의 절반이 떨어져 나갔다고 알려주었다.'

그리고 마로니에 나무가 갈라진 묘사가 이어진다.

내 소설에서 걸었던 것처럼 마로니에 나무에서 길을 틀어 석조전 앞 분수대 쪽으로 걸었다. 날씨가 따뜻하니 사람들이 많았다. 소설 속에서도 지금 이때 사월쯤 서경과 처음 길을 걸었다.

덕수궁 미술관을 지나 중화전 옆에 서 있는 말채나무 앞에 섰다.

"이 나무가 말채나무야. 어때?"

소설 속의 말채나무를 내 나무처럼 그녀에게 소개했다. 살짝 으스대고 싶었지만 조금 쑥스러웠다. 게다가 덕수궁 정원사들이 말채나무의 가지를 잘라서 나무의 위엄이 많이 손상되어 있었다. 애걔, 이 나무였어? 할까 봐 조금 걱정되었다.

"소설에서 도로 경계석이 툭 튀어나와 그곳에서 둘이 앉아 얘기하곤 했던 곳이 여기야."

말채나무 아래 놓인 시멘트 경계석을 가리켰다. 그 경계석 위에 소설처럼 그녀와 내가 앉았다.

나는 이 말채나무를 '나의 나무'로 만들려고 생각했다. 나의 나무라는 것은 소설 『포토타임』의 작가의 말에 쓴 것처럼 오에 겐자부로의 『나의 나무 아래서』라는 책을 읽고 영감을 얻었다.

"너 소설의 압권은 그 나무 이야기지."

그녀가 뜻밖에 '작가의 말' 속의 나무 이야기를 언급했다. 멍하니 그녀를 바라보았다. 기대하지 않았던 얘기가 흘러나왔다. 그녀가 소설을 읽고 감응했다는 얘기였다. 다른 사람도 아니고 소설의 주인공이 내 소설에 대해 칭찬을 하니 기분이 묘했다. 어린아이도 아닌데 마음이 들썩였다. 무슨 시험이나 운동을 잘했다고 칭찬할 때와 다른 느낌이었다. 왠지 내 인생에 대해 칭찬을 받는 그런 기분이었다.

"큰 이야기 앞에 짧은 이야기가 완벽했지.『포토타임』소설 안에서 최고의 이야기였어. 좋았어."

작가의 말에 나오는 나무 이야기는 도시에 사는 마흔 중반의 사내가 고향에 내려와 시골집의 감나무와 대화하는 이야기다.

그녀가 계속 소설 속의 나무 이야기를 이어갔다. 나를 찾아온 이유가 설마 이것 때문이었을까. 이제 나쁜 이유로 찾아오지는 않았을 것 같은 예감이 들었다.

"독자들에게 미끼를 던진 거야. 제발 작가의 말만이라도 읽어라. 그다음은 자연스레 읽게 된다. 뭐 그런 거지."

나는 그녀의 칭찬에 취해 혼잣말로 중얼거렸다.

작가의 말을 쓰기 전에 몹시 지쳐있는 상태였다. 마지막 교정을 보면서 한 달 안에 네 번을 꼼꼼히 완독했다. 마지막 교정을 볼 때는 글을 읽으면 머릿속에서 구토가 나오려 했다. 목차까지 만들어 보내고 멍하니 시간을 보내고 있었다.

이튿날 출판사에서 작가의 말을 써서 보내라고 독촉했다. 아무 말도 하지 않고 하루를 보냈다. 처음에는 그냥 주례사처럼 평범한 작가의 말을 쓰려고 생각했다. 멍하고 있으니 그 틈으로 문득 아, 작가의 말도 이야기로 써보자는 생각이 밀고 들어왔다. 그 자체로 한편의 이야기를 만들면 소설 앞에 더 작은 소설이 있는 셈이니 신선하지 않을까? 뭐 그런 생각을 했다. 그럼 무슨 이야기를 쓰지. 이전에 그냥 줄거리만 죽죽 써 놓았던 「어머니의 감나무」라는 글이 떠올랐다. 동시에 나처럼 자폐증을 가진 자식이 있는 오에 겐자부로 작가의 소설도 함께 떠올랐다. 그의 모든 소설에는 뭉클하고 신비한 나무 이야기가 있었다. 골짜기에 살았던 할머니가 들려주는 영혼이 있는 나무 이야기. 두 이야기를 현재의 나와 연관을 시키자는 생각이 이어졌다. 그때야 비로소 작가의 말을 쓸 수 있었다.

"말채나무만 해도 이름이 특이하지. 뭔가 독특하고 신비한 느낌이 독자들에게 호기심을 일으키거든."

그녀가 이야기를 계속했다. 소설 속의 여자 주인공이 어느새 내 소설의 팬이 되었다. 아니다. 어쩌면 『포토타임』은 그녀가 주인공이므로 그녀의 소설일지도 모른다.

말채나무는 경복궁에도 많다. 말채찍으로 사용해서 궁궐에 많이 자란 나무다. 소설 속에서 다 얘기했는데 또 얘기하니 성의 없이 말이 나왔다.

시골이 고향인 사람을 제외하곤 대부분 독자는 나무에 무관심했다. 도시 사람들과 시골 사람들은 사물 자체를 보는 눈이 달랐다. 읍 단위 이상의 아이들은 시골 아이들의 습관보다 대도시 아이들의 생활 습관을 따라갔다. 서경도 그런 도시 아이들과 같을 것으로 생각했는데 아니었다.

"그런데 나무 위에 직박구리 새 둥지가 없네?"

원래 새 둥지는 없었다. 소설에서 서경이 죽고 그녀의 죽음을 슬퍼한 원형이 말태나무를 찾아간다. 그리고 나무 위를 쳐다보는 장면이 있다. 거기에 실제로는 없는 직박구리의 둥지를 묘사해 넣었다. 새 둥지를 만들어 슬프게 끝나려는 소설에 희망의 싹을 그려 넣었다. 겨울을 나는 벌거벗은 나무에 봄을 맞으려는 겨울눈을 그리는 심정으로.

한 시가 되려면 시간이 조금 남았다. 다시 길을 석어당 방향으로 잡았다. 석어당은 건물이 오래되어 시커멓다.

"석어당에는 단청이 없네."

그녀가 의아한 표정을 지었다. 후대 임금들이 선조를 애도하고 임진왜란을 잊지 않기 위해서 단청을 하지 않았다. 그래서 백골 집으로 부르기도 한다. 그리고 보니 나는 뭔가 칙칙하다는 생각만 했지 지금까지 왜 그런지는 생각해보지 않았다. 선조와 인목대비의 검은 그림자만 떠올렸다. 서경이 저렇게 얘기하니 그제야 석어당이 불탄 건물처럼 보였다. 오른쪽에 있는 덕홍전이나 왼쪽의 즉조당은 뇌록색과 황색의 단청이 곱게 칠해져 있었다. 우리는 석어당 오른쪽에 있는 살구나무 아래에 섰다.

"삼월 삼십 일쯤에 이 살구나무를 찍으려 사진작가들이 엄청

나게 모여. 그때 꽃이 활짝 피거든. 최고조지. 근데 며칠 지나면 바로 꽃잎이 싹 다 져버려."

그녀가 조금 놀란 양 눈을 동그랗게 뜬 채 진짜로 바로 지느냐고 물었다.

"여기 덕수궁 수문군에 한 오 년 있다 보니 알게 됐는데 삼십 일이 지나고 삼사일 후에 우연히도 비가 내리데. 거의 매년. 비가 오고 나면 살구꽃이 다 져버리더라고."

소설 밖의 그녀가 소설 속에서처럼 나를 쳐다보았다. 어쩐지 그녀의 시선은 아직도 나를 설레게 했다. 그녀에게는 성적인 욕망을 느끼지 않는 순진무구한 얼굴이 있었다.

"인목대비가 석어당 앞에서 광해군을 닦달했지. 인조반정에 성공했거든. 제주 유배로 매듭지었지만 광해는 인목대비의 서슬 퍼런 눈빛이 쏟아지는 것을 등 뒤로 느끼며 제주로 떠났지. 살구꽃이 휘날릴 때마다 한 여인의 한이 서린 눈빛을 보는 듯해. 그리고 석어당에는 임진왜란 때 피난 갔던 선조가 되돌아와 머물렀지. 죽을 때까지."

나는 덕수궁 문화 해설사가 된 것처럼 그녀에게 설명했다. 그녀가 왜 찾아왔는지 궁금했던 것은 이미 사라지고 없었다.

덕수궁의 역사는 한마디로 왜란을 기점으로 월산대군 후손들의 개인 저택과 조선 왕조의 궁궐로 나눌 수 있다. 그다음, 광해에 의해 경운궁이란 궁궐 이름이 생기지. 사실 덕수궁의 덕수德壽란 말은 환갑이나 희수인 칠십 등을 치를 때 장수 무병을 빌 때 많이 사용하잖아. 오래 살며 덕을 쌓으라는 뭐 그런 뜻이잖아. 현직 왕이 거처하거나 집무를 보는 궁궐에 덕수란 말은 어울리지 않지. 역사적으로 조선 2대 왕인 정종이 상왕인 이성계 태조가 머물 수 있도록 개경에 덕수궁을 짓기도 했고, 3대 태종이 한양으로 재천도 후 창덕궁 근처에 덕수궁이란 궁궐을 지었지. 상왕인 당신은 이제 나이도 먹었으니 그냥 거기 머물며 정치에 관여하지 말고 덕을 누리며 오래 살라는 뭐 그런 의미로 쓰였어. 그런 면에서는 경운궁이라 불러야 하는 것이 맞는다고 봐. 학계에서 일부가 주장하거든. 하지만 이제 덕수궁이란 이름을 가진 궁궐은 어디에도 없고 또 그동안에 시민들에게 덕수궁으로 널리 인식되었으니 덕수궁으로 부르는 것이 현실에 더 적합하다고 봐.

그녀는 나를 바라보았다. 마스크 위 눈동자가 조금 커 보였다. 아주 어릴 때도 저런 눈빛이었던가. 소설 속에서도 그녀는 저런 표정으로 나를 바라보았던가. 오늘 만나자마자 어, 키가 상당히 크네, 하던 그녀도 조금 낯설었다.

중화전 쪽으로 발길을 옮겼다. 중화전 앞 월대를 지나는데 중간중간에 드므가 놓여 있었다. 드므. 이름이 참 예쁘다. 그 시절 불을 끄기 위해 물을 담았던 청동 항아리. 어떤 작가가 드므를 소재로 글을 썼다는 말을 들었다. 그 작가는 드므로 어떤 글을 썼을까. 드므의 어원은 무엇일까. 글을 쓴 작가가 누구인지 궁금했다. 중화전 안을 들여다보았다. 그녀도 안을 들여다보았다. 눈에 띄지 않던 그녀의 머리가 바로 앞에 있었다. 어릴 때는 긴 머리였는데 이제는 짧은 머리였다. 그녀는 언제부터 머리를 잘랐을까. 어깨 아래까지 내려왔던 머리가 이제 목을 겨우 덮을 정도의 단발이었다.

"천장에 있는 용을 자세히 보면 발톱이 다섯 개지. 발톱 조자를 써서 오조룡이라 불러. 황제가 있는 곳은 오조룡이고 그 외에는 사조룡을 그렸어."

처음 듣는다는 표정이었다.

그런데 지금 우리는 뭐 하고 있지. 그녀는 왜 나를 찾아왔을까. 그냥 소설을 읽고 어린 시절 동창이 자기가 사는 곳과 가까운 궁궐에 있다기에 찾아온 걸까. 아니면 소설 속에 자기를 등장시킨 것이 마음에 들지 않아서일까.

"저기 고종 황제의 용상 뒤에 그려진 병풍 그림이 '일월오악도'라 불러. 해와 달 그리고 다섯 산봉우리가 있는 병풍이란 의미지."

황제가 갖추어야 할 격식들.

중화전 안에는 들어갈 수 없었다. 밤이면 아무도 없을 것인데 그때는 가능하지 않을까. 밤에 오면 고종 황제를 만날 수 있겠지. 그를 만나면 먼저 무엇을 물어볼까? 왜 그때 한 나라가 넘어가는 것을 지켜보고만 있었느냐고 따져볼까. 아니면 조선이 위태위태한 그 상황에서도 황제라는 허울 좋은 모습으로 무엇을 하려 했느냐고 비아냥거려볼까.

대한문 앞에서 근무를 설 때마다 늘 궁금한 점이 하나 있었다. 그것은 대한문이라는 궁궐 문의 간판이었다. 덕수궁의 대한문大漢門은 원래 명칭이 대안문大安門이었다. 그런데 명칭이 바뀌었다. 게다가 가운데 한자가 하필 한韓이 아니고 한漢 자였다. 왜 갑자기 바뀌었는지 늘 의문이었다. 궁궐 문의 명칭이 바뀐 이유에 대해 안安이란 한자가 계집이 갓을 쓰고 다녀 재수가 없어 바꿨다는 말들이 돌았다. 그 당시에 설치고 다닌 이토 히로부미의 수양딸 배정자를 빗대어서 말한 것이다. 하지만 설득력이 약했다.

"틀림없이 그 전날 고종이 술을 진탕 마셨을 거야. 아침에 일어나 술김에 쓰다 보니 한자를 헷갈렸음이 틀림없어."

수문군들끼리 우스갯소리로 하는 말이다.

〈경운궁중건도감의궤〉중 '대한문상량문'에는 '대한大漢'은 '나라가 창대해진다'는 뜻으로 기록되어 있었다.

가끔 덕수궁을 지키는 꿈을 꾸곤 한다. 사람이 다니지 않는 대한문 앞에 홀로 월도를 들고 서 있다. 밤이 깊을수록 중화전 안에서 누가 부르는 소리가 들린다. 소리를 따라가면 중화전 안 용상에 닿는다. 거기 고종 황제가 홀로 앉아 있다.

황제는 가만히 앉아 있다. 내가 가도 아무런 말이 없다. 그렇다고 일개 수문군이라 직접 물어볼 수도 없다. 움직이지 않고 황제의 명을 기다리고 서 있다. 황제 또한 자세를 흐트러뜨리지 않고 앉아 있다. 근심에 가득 쌓인 모습이다. 다음 날 밤에도 중화전을 찾는다. 전날과 마찬가지로 황제는 아무런 말이 없다. 나는 중화전 앞에 서서 무슨 말이 있을 때까지 기다린다. 궁궐 안은 아무런 인기척이 없다. 밤새 한 마리 날아다니지 않는다. 그 고요 속에 중화전 안에서 황제는 움직이지 않고 시름에 잠겨 있다. 어느새 날이 샌다. 한숨을 쉬며 궁궐 문 앞으로 터벅터벅 걸어 나온다.

그녀에게 꿈속의 얘기를 해줬다. 정말 그런 꿈도 꾸느냐고 물었다. 고개를 끄덕였다.

"소설로 써 보지 그래."

나는 소설로 쓰면 재미없을 것 같다고 말했다. 역사의 소용돌이 속에서 민초들이 할 일이 무엇이 있겠는가. 주체적으로 움직일 수도 없는 대다수 백성처럼 나도 그날그날 살아가기에 바빴을 것이다. 막상 그 시대에 태어났더라도 지금의 현실과 별반 다를 것이 없어 보였다.

"너는 아직도 젊은 날의 희망을 품고 있구나."

그녀는 나를 슬프게 바라보았다. 그랬다. 젊은 시절에는 세상이 인간의 의지로 변할 거라고 믿었다. 하지만 나이가 들수록 세상은 쉽게 변하지 않는다는 것을 알았다. 그녀의 눈빛이 그것을 말하는 것 같았다.

왕이 거처하는 곳과 앞마당 사이에 월대가 있다. 월대는 궁궐의 정전 등 주요 건물 앞에 설치하는 넓은 기단이다.

월대 앞, 어전회의를 하던 중화전 앞마당에는 양쪽으로 품계석들이 죽 서 있었다. 정일품 종일품 정이품 종이품…….

정4품이 있는 양쪽 품계석 옆에 구멍이 세 줄로 세 개씩 아홉 구멍이 뚫려있었다.

"이게 뭔지 알아."

여전히 소설 속 그녀에게 말을 건네는 느낌이었다. 햇볕 좋은 날에 그녀와 데이트하는 사실이 믿어지지 않았다.

"햇볕이 따가울 때 차일 치는 곳이 아닐까?"

그녀가 고개를 갸웃하며 대답했다.

"어떻게?"

"쇠막대기를 여기에 꽂고 줄을 사선으로 하면 꽤 넓은 차일이 쳐질 것 같지 않아."

"하긴 그렇긴 하네."

"그런데 한 궁궐 문화해설사는 다른 해석을 내놓았어. 이곳이 물이 빠져나가는 집수구인데 이 밑에 도랑이 원래 덕수궁의 금천이라는 거야. 그 해설사는 이 중화문 앞에 원래의 덕수궁 정문인 인화문이 있었고 중화전 이전에 즉조당이 지금의 중화전 구실을 했는데 그 중간에 있는 금천이 이 밑으로 지났다는 거지. 물론 그 해설사도 지금은 궁궐 담 너머 정동 로터리의 정릉천에서 물길이 흘러 금천교를 지난 것을 알고 있지. 좀 이상하지. 그런 금천의 물줄기를 덮어버렸다는 것이."

그녀는 고개를 천천히 가로로 몇 번 흔들었다. 잘 이해가 되지 않는다는 표정이었다. 나도 이해가 되지 않는데 그녀 또한 이해되지 않을 터였다.

이제 시간이 다 되었다. 수문군 대기실로 돌아갈 시간이었다. 그녀와 나는 덕수궁 정문을 향해 천천히 걸었다. 정문 오른쪽 정원에 커다란 라일락 나무가 보라색 꽃을 피운 채 우리를 내려다보고 있었다. 앞에서 걷던 그녀가 갑자기 돌아섰다.

"그런데 왜 날 죽였어?"

나는 그 자리에 멈춘 채 그녀를 바라보았다. 내 소설 속에서 죽었던 그녀가 지금 살아서 나에게 원망을 하는 듯 쳐다보았다. 그녀의 목소리에 라일락 나무에서 보라색 꽃잎이 후드득, 떨어지며 바람에 흩날렸다.

작품해설
의지의 욕망과 현실의 막연함을 그리다

의지의 욕망과 현실의 막연함을 그리다

김은중 (문학평론가)

인간은 고뇌를 겪고 느끼는 동물이다. 우리가 고뇌를 겪는다고 말하는 까닭은 고뇌가 인간의 의지와 상관없이 엄습하기 때문일 것이다. 인간은 고뇌 앞에서 수동적인 존재일 수밖에 없는데, 그럼에도 고뇌를 느끼는 것은 고스란히 인간의 몫이다. 심각한 고뇌는 사람의 온전함을 위협하고 정체성을 무너뜨리며 실존을 위협한다. 이에 더해 고뇌는 고뇌 받는 사람의 세계를 축소하며 언어와 의식, 사람들 사이의 상호작용을 제거한다. 우리가 '형언할 수 없는'이라고 말할 때, 그 의미는 고뇌의 크기나 무게가 말할 수 없을 만큼 크고 무겁다는 뜻이지만, 더불어 그런 '고뇌'라는 것이 그때까지의 경험으로써 형성된 언어로는 도저히 매개될 수 없는 낯선 경험이라는 뜻이다.

그럼에도 그런 고뇌를 꾸역꾸역 적는 장르가 있으니 바로 소설이다. 소설은 삶이 겪는 피할 수 없는 운명인, 고뇌에 대한 기록이다. 그래서 소설의 독자는 점점 줄어든다. 개인의 삶이 고뇌 그 자체인데, 굳이 글을 읽는 수고를 해가면서 남의 고뇌에까지 나의 시선과 뇌리를 적실 필요가 없기 때문이다. 게다가 소설은 허구라고는 하지만 독자로서는 나도 그렇게 될 수 있다는 위기의식에 직면할 수도 있으니, 독자들은 고뇌가 고스란히 노출된 작품을 읽고 싶지 않을 것이다.

　그보다는 나는 전혀 저렇게 되지 않을 것이라든지 저것은 나의 이야기가 결단코 아니라고 여겨지는 텔레비전 드라마에 빠져든다. 소설가들은 인간이 타인의 상처를 이해하기 어렵다면서, 고뇌를 온전히 이해하는 건 고뇌의 당사자뿐이고, 소설은 타인의 삶을 엿보게 만들며 타인의 서사에서 위로를 느낄 수 있다는 데 소설의 가치를 두곤 하지만 그것은 소설가의 희망사항이다. 내 삶이 고뇌인데 남의 고뇌에 동감하거나 공감하는 것은 고뇌의 배가로 이어진다. 하지만 소설가로서는 잘 팔리지도 않을, 고뇌를 주제나 소재로 한 작품을 회피할 수 없다. 고뇌가 소설의 정수이기 때문이다.

　이중섭의 소설집 『직박구리가 사는 은행나무』에 실린 「숨은 벽」, 「아데니움」, 「직박구리가 사는 은행나무」, 「실비집」, 「검은등뻐꾸기」,「압록」,「풍습의 속도」,「포토타임 외전」여덟 편의 소설에는 인간이 살아가면서 마주치는 고뇌의 이야기들이 담겨 있다. 그의 작품들은 고뇌를 매개로 하여 주인공과 그의 사회가 만들어내는 내부적 허구에 초점을 맞춘다. 이런 형태를 노스럽 프라이는 소설이나 드라마에서 보이는 서술적 작품이라고 말하는데, 이중섭의 작품들은 주인공이 그의 사회와 화해하지도 순응하지도 못한 채 마무리되는 비극적 경향을 보인다. 그럼으로써 그의 작품들은 현실에 의미를 부여하는 제의가 되며, 현실의 한계를 초월하려는 욕망이 되고 현실로부터 자유로워지려는 상상이 된다. 한 예로 표제작『직박구리가 사는 은행나무』는 직박구리를 빌어 주인공인 나와 윤 변호사, 그리고 현호가 사회의 냉혹한 현실과 대립하는 모습이 서술돼 있다.

나와 윤 변호사, 현호는 예전에 함께 사법시험 공부를 했는데, 윤 변호사만 로스쿨법이 시행되기 전에 가까스로 합격했고, 현호는 법무사 시험으로 목표를 한 단계 낮추었다. 나는 최근에 서점 경영으로 전직했다. 윤 변호사는 아직도 자리를 잡지 못한 채 전셋집을 전전한다. 법학 수험서를 내는 출판사들은 신흥 서점인 내 서점에 책을 공급하지 않는다. 시간이 흐르면서 극한 경쟁에서 살아남아야 책을 공급 받을 수 있다. 세 사람 모두 현실의 승자가 되지 못하면서 이들에게 욕망은 여전히 미완성으로 남아 있다.

사법시험에 합격한 사람이나 법무사로 목표를 하향 조정한 사람이나 서점 경영으로 전직한 사람이나 삶이 궁핍하기는 마찬가지이다. 자본주의 사회에서 돈을 버는 것은 노동이 아니라 자산이라는 것을 세 사람의 처지가 잘 보여준다. 세 사람의 이런 처지는 은행나무에 집을 짓고 사는 직박구리 신세와 다를 게 없다. 직박구리는 텃새인 까치로부터 시달림을 당하는데 사회에 이미 자리를 잡고 새롭게 시장에 진입하려는 이들에게 텃세를 부리는 현실이 까치가 직박구리에게 텃세를 하는 것과 닮았다. 까치는 직박구리의 알이 부화해 새로운 생명이 태어난 것을 그냥 두지 않고 새끼들을 쪼아 죽인다. 기존 서점의 방해로 인해 책조차 받을 수 없는 신규 서점과 이름만 변호사이지 사건 수임도 제대로 못 하는 윤 변호사는 까치에게 죽임을 당하는 직박구리 새끼 같다.

어느 날 서점에 들른 현호는 윤 변호사로부터 호적등본에 쓰인 한자를 우리말로 바꾸는 일감을 하나 얻었다고 했다. 현호는 법무사 시험에도 떨어졌는데 다행히도 이 일을 하면서 윤 변호사 사무실에 채용된다. 무언가 현호와 윤 변호사에게 숨통이 트이는 것 같지만 왠지 암운이 드리우는 것 같다. 술자리에서 윤 변호사는 갈수록 힘들다고 했고 나는 서점을 접어야 할 만큼 경영이 어렵다. 반년의 시간이 흐르고 나는 서점을 헌책방으로 바꾸었다. 겨울이 오면서 직박구리는 보이지 않고 까치와 비둘기만 바글거린다. 아니나 다를까, 어느 날 현호가 찾아와 윤 변호사가 징용 관련 소송에서 승소하여 받은 의뢰인들의 배당금을 보관하면서 주식에 투자했다가 주가가 폭락하는 바람에 극단적인 선택을 했다고 전했다. 영웅이든 평민이든 자기에게 주어진 한계를 뛰어넘으려다가 실패하여 파멸을 맞이하는 것은 인간의 전형적인 운명이다.

집으로 온 나는 창문 아래 은행나무를 내려다본다. 어린 직박구리 한 마리가 앉아 있다. 직박구리는 날개를 털며 천천히 날아올라 멀리 숲 쪽으로 사라진다. 직박구리가 은행나무를 떠나 다른 곳으로 갔는지 이 작품에서 확인되지 않으나 그것은 기존의 세력에 밀린 윤 변호사나 나의 처지를 대변하는 것 같다. 무언가 새로운 도전을 하려다가 거대한 벽에 부딪치는 냉혹한 현실. 세상은 직박구리들이 살기에는 무척 험난하다. 어린 직박구리가 날아올라 숲 쪽으로 사라지는 장면은 이 작품에서의 상상의 지향점이 되기에 충분하다. 인간과 직박구리의 신세가 비슷하지만, 인간은 가지 못하고 직박구리는 가는 세상을 그림으로써 현실에서의 욕망의 경쟁에서는 패배하고 그 현실로부터 자유로워지려는 작가적 상상이 엿보인다. 이런 현실은 비단 소설의 주인공들 뿐 아니라 한국사회의 평민에 속하는 우리들 대다수가 처해 있다. 하긴 고관대작이나 부자들이라고 해서 평민과 다르겠냐만 그 길은 평민들이 가지 못한 길이니 욕망의 대상이 되고 상상의 세계가 되기도 한다. 다만 이중섭의 작품들에서는 가지 못한 길에 대한 욕망이나 상상은 실패한다. 이런 점에서 그의 작품들은 비극적이다.

이중섭의 작품들에서 더불어 주목할 것은 에세이에서 나타나는 주제적 작품성이다. 그의 작품들에서는 작가와 독자를 함께 포함하는 백과전서적 경향이 드러난다. 이렇게 규정하기 위해서는 소설의 주인공들이 작가 자신임을 입증해야 하는데, 실제의 그의 삶이 어떤지는 모르겠으나 작품 안에서의 주인공은 작가처럼 보인다. 얼핏 보면 그의 작품의 주제가 고립된 작가의 비전을 표현하는 것처럼 보이겠으나, 그보다는 작품들에 등장하는 여러 인물들과의 관계 설정, 그런 상황이 비단 작가 또는 소설의 주인공에게만 한정되는 것이 아니라 한국 사회의 관습들이 이십일 세기에 들어서도 여전히 계속된다는 점에서 그의 작품의 경향은 백과전서적이다. 그래서 이중섭의 작품들은 비극적이면서 백과전서적인, 소설과 에세이의 특성을 함께 가진다.

에세이적 특성은 여덟 편의 작품들이 가진 '가족적 유사성'에서 잘 드러난다. 각 소설들의 주인공 이름들은 다르지만, 인물들에게 닥치는 사건들, 처한 현실, 헤쳐 나가는 방식 등에서 일관성이 보인다. 이는 달리 말하자면 특정한 패턴이 보인다는 것이다.

「직박구리가 사는 은행나무」의 나, 「실비집」의 형준, 「압록」의 영훈은 서점을 경영하며, 「숨은 벽」의 원섭과 「풍습의 속도」의 나는 출판 일에 종사한다. 서점과 출판 일은 인텔리겐차만이 할 수 있는 일인데, 역사적으로도 한국사회의 현실에서도 인텔리겐차는 높은 지식수준을 갖고 문화적 영역에서 차별화된 역할을 맡고 있으나, 자본주의의 필수적 요소인 자본의 측면에서는 그다지 넉넉하지 못하다. 만하임은 인텔리겐차를 두고 지식인 사회 또는 계급을 옹호하려는 게 이들의 사명이라고 말했지만 소설집에 등장하는 작중인물들에게 그런 사명은 언감생심, 사회를 해석하거나 추동하거나 견인할만한 힘은커녕 하루하루 닥치는 운명 같은 사태를 헤쳐 나가느라 마음만 분주하다.

「아데니움」, 「실비집」, 「검은등뻐꾸기」의 딸은 자폐아이다. 「아데니움」에서 '너는 나의 운명'인 딸을 두고 아내가 할 수 있는 넋두리는 '도대체 언제까지 이래야 한대?' 이다. 「실비집」에서 고시생이었던 형준은 딸이 자폐라는 것을 확인하고 고시를 접었는데 그 뒤로 모든 생활이 엉망으로 얽혀버렸고 딱히 어떤 직업도 없이 고시생과 아르바이트 생활을 전전했으며, 급기야는 아내와 이혼까지 했다.

「숨은 벽」에서 나는 불의의 경운기 사고로 아마도 뇌사상태에 빠진 친구에 대해 그래도 살아날 거라는 막연한 기대만 했고 아내와 함께 자신들은 살아 있음을 확인하는 것밖에 할 일이 없었으며 급기야 친구가 사망하자 친구의 '운명'으로 받아들인다. 이런 상황들은 곳곳에서 나타난다. 「아데니움」에서 자폐아들을 둔 아버지가 아들의 목을 졸라 죽이고 스스로 목을 맸다는 소식, 「직박구리가 사는 은행나무」에서 어려운 사법시험에 합격한 윤 변호사가 징용 관련 소송에서 이기고 받은 의뢰인들의 배상금을 잠깐 동안 주식에 투자했다가 주가가 폭락하는 바람에 극단적인 선택을 했다는 소식, 「실비집」에서 주인여자의 아들이 눈에 초점을 맞추지 못하고 옆을 응시하는 모습에서 자폐를 앓고 있는 자신의 딸이 생각나는 형준, 첫 남편과 사별하고 개가하여 딸만 내리 다섯을 낳고는 남편이 바깥에서 아들을 낳아오는 것을 감내해야 했던, 게다가 첫 남편과의 사이에서 낳은 딸은 남처럼 되어 버린 허청댁, 압록에서 자라는 참게의 죽음이나 인간의 죽음이나 별반 다를 게 없다는 것을 깨달은 「압록」의 영훈, 첫 남편과 딸을 둔 채 도망쳐서 개가한 작은 어머니가 자신이 죽으면 첫 남편 옆에 묻히고 싶다는 희망, 그리고 후처인 외할머니의 무덤을 어디에 쓸 것인가를 두고 일어나는 갈등을 그린 「풍습의 속도」, 전작 장편소설인 『포토타임』에서 암으로 죽은 친구 서경이 찾아와 덕수궁을 함께 걸으면서 이제는 화석이 된 덕수궁의 역사를 이야기하며 이름뿐이었던 제국의 황제를 소환하는 상상을 하는 그야말로 무의미한 상상의 이야기로 꾸려지는 「포토타임 외전」등 모든 작품에서 사람들이 할 수 있는 일은 아무 것도 없어 보인다. 이런 점에서 그의 작품들은 비극적이고 에세이적이다.

에세이적 특성과 결부해 추측을 추가하자면, 적어도 이중섭이 이런 패턴을 사용한 이유 가운데에는 작가에게 개입하는 또는 작가를 짓누르는 심리적인 무엇이 있지 않나 짐작하게 된다. 이중섭이 전편에 걸쳐 집요하게 이런 패턴을 사용하기 때문이다. 따라서 그의 작품들에서 꿈, 즉 욕망과 현실의 충돌이 일어나는 지점을 발견하는 것은 매우 흥미로운 작업이다.

살다 보니 그렇게 되어버린 노모 허청댁을 중심으로 한 가족사를 그린 「검은등뻐꾸기」에서는 여러 곳에서 욕망과 현실이 충돌한다. 열여덟에 만난 첫 남편은 허청댁에게 딸을 하나 남기고는 폐병에 걸려 고생하다가 스스로 목숨을 끊었다. 새 남자를 만나 개가를 하여 딸만 내리 다섯을 낳았다. 마흔이 된 허청댁에게서 아들을 낳을 기대감이 사라지자, 집안에서는 종손인 남편의 대를 잇기 위해 사내애를 잘 낳을 여자를 물색했고 남편은 그 여자와 석 달을 같이 보내면서 결국은 아들을 만들었다. 그동안 허청댁은 밤마다 고개에 올라갔다. 정상의 판판한 바위 위에서 불빛이 희미하게 비치는 아랫마을을 내려다보다가 새벽이면 돌아오곤 했다. 허청댁은 남편이 낳아온 아들을 깊은 정으로 키웠다.

그녀의 마음속에는 첫 남편과의 사이에서 낳은, 다른 곳에서 살고 있는 첫째 딸이 있었으니 남처럼 되어 버린 그 딸과 밖에서 데려온 아들이나 애틋하기는 마찬가지였다. 그녀의 삶에서는 욕망과 현실의 충돌이 여러 곳에서 일어났다. 손 하나 까딱하지 않는 남편에 대한 원망, 부산에 살면서 연락도 잘 되지 않는 큰 딸에 대한 그리움, 허청댁이 생모가 아닌 것을 안 아들과의 갈등, 자신이 집을 비웠을 때 아들의 생모가 집을 찾아온 것에 대한 불안감, 손녀 하영이가 자폐인 것에 대해 사위에게 가지는 미안함 등이 그렇다. 그러니 허청댁의 삶에서는 그녀가 성인이 된 뒤로 지금까지 늘 욕망과 현실이 대립했다. 부산으로 간 첫째 딸, 남편이 밖에서 낳아온 아들, 게다가 자신의 처지까지 검은등뻐꾸기와 다를 것이 없다. 그래서 '마당으로 나온 허청댁은 뻐꾸기가 우는 산속을 바라보았다. 문득 새가 무슨 말을 하려는지 어렴풋이 알 것 같았다. 그때마다 새 울음이 다르게 들렸던 것은 아무래도 자신의 마음 탓이 컸었다.'

이 작품의 의미는, 소재에서는 흔할지라도, 현실과 욕망이 충돌할 때 승자는 늘 현실이 되고 그래서 성취하지 못한 욕망을 꿈으로 남겨둘 수밖에 없는 고뇌하는 인간의 모습을 그렸다는 데있다. 이런 점에서 이중섭의 작품들은 쇼펜하우어를 떠올리게 한다. 고뇌가 만드는 것은 현실과 욕망의 충돌이고 이것은 프로이

트에서 꿈으로 설명되는데 이중섭의 작품들에서 이런 경향이 나타난다. 쇼펜하우어의 철학과 예술의 핵심주제는 궁극적으로 해소될 수 없는 인간 삶의 본질인 고뇌와, 그것의 근원인 의지에 대한 탐구이다. 그는 삶의 존재론적 고뇌의 근원이자 우주전체를 관통하는 삶의 맹목적인 충동인 의지에 대해 통찰하는 것을 형이상학의 목적으로 두고 이를 예술의 역할로 부여했다.

일을 하며 밥을 먹고 살기는 하겠지만 삶 앞에 닥친 딜레마와 부조리, 그것들이 만드는 고뇌 앞에서 인간은 선택과 결정 및 행위의 주체가 되지 못한다. 고뇌는 더욱 깊이 침잠하거나 탑처럼 쌓여가고 그것들을 해결하지 못한 채 죽음을 맞는다. 바다 갯벌에 산란한 뒤에 죽는 참게나 올봄 분홍 꽃잎을 날리며 스러졌다가 내년에 다시 피어나는 홍매나 인간이나 마찬가지이다. 다른 점이 있다면 인간만이 고뇌한다는 것인데 인간은 고뇌로 인해 더욱 고통스럽다.

주장의 질감은 다르지만 쇼펜하우어와 니체의 관점에서 만약 인간의 삶이 그 자체로 고뇌 없이 아름답다고 한다면 예술이 존재해야 하는 목적은 사라질 것이다. 고뇌가 있기에 예술이 있고 문학이 있다. 이들에게 인간의 본질은 고뇌이니, 예술은 인간에게 필연적인 것이 된다.

쇼펜하우어에서 의지는 스스로를 보존하면서 개체의 생성소멸을 낳는 운동을 멈추지 않고 반복하는데, 의지의 운동은 이상적인 목적이 없는, 맹목적 운동이다. 맹목적인 의지는 끊임없이 스스로의 존재를 실현하기 위해 움직이며, 자신 이외의 어떤 목적이나 의미를 부여하지 않는다. 의지에게 목적이 없다는 것은 의지가 의지 스스로를 욕구할 뿐이라는 뜻이다. 의지는 목적 없이 지속적으로 개체로서 드러나고 개체는 맹목적인 의지의 현상으로 스스로의 생존에 몰두한다.

그런 의지의 인간에게는 개체의 생식 활동마저도 종의 보존과 연장으로 이어지며 이 모든 과정은 의지의 맹목적인 현상으로 반복될 뿐이다. 의지의 이런 특징은 우리가 경험하는 세계가 늘 개체 간의 갈등과 대립, 투쟁과 고뇌를 반복할 수밖에 없는 이유이다. 개체는 스스로의 생존만을 위해 분투하는데 이 과정에서 개체 간의 갈등과 다툼이 반복된다. 개체의 생존본능이 의지의 발현이라면 개체 간의'다툼 자체는 의지가 본질적인 자기 자신으로부터 분열을 드러내는 것에 불과'하다. 결과적으로 의지는 자기 보존적임과 동시에 자기 파괴적이다. 이런 맹목적인 개체의 생성과 소멸은 영원히 계속된다.

『직박구리가 사는 은행나무』에 등장하는 인물들의 반복적 유사성은 의지의 맹목적 운동으로 인한 비극의 반복을 표현한다. 의욕의 주체는 화분에 심어진 야생의 아데니움 같고, 나와 자폐

딸이 꽈배기처럼 뒤엉켜 있는 것 같고, 변호사는 되었으나 여전히 자리를 잡지 못해 전셋집을 전전하는 윤 변호사 같고, 남편이 바깥에서 낳아온 아들을 바라보는 허청댁 같다. 우리는 모두 은행나무에 사는 직박구리의 신세이다. 은행나무가 울창할 때는 그래도 살만 했지만 은행나무의 가지가 부러지고 꺾이면서 직박구리가 만든 둥지도 허물어진다. 인간의 욕망은 직박구리 둥지만큼이나 허약하다.

이중섭의 작품들은 우리가 맞닥뜨리는 삶의 현실을 해석하고 이해하는 데 필요한 형이상학적 통찰을 제공한다. 인물들의 의지가 욕구하는 것은 이 세계, 즉 있는 그대로의 삶이며, 그 인물들에게 삶은 의지의 의욕이 나타난 것에 불과하다. 작중 인물들의 의지는 단순히 삶을 향한 의지이다. 인간의 삶은 의지에 예속된 삶이며 의지는 맹목적이므로, 삶은 끊임없는 갈등과 고뇌의 반복일 수밖에 없고 의지로써 현실의 타개는 불가능하다. 그래서 이중섭의 작품들에서는 출구가 보이지 않는다. 그의 작품들에서는 어떤 이상적인 목적이 전제되지도 않고 추구되지도 않아 갈등과 부조리가 반복하는 것을 지켜볼 수밖에 없다. 그의 작품들은 고뇌로 가득한 삶에 인간을 유기하는 데서 그친다.

이 지점에서 그는 쇼펜하우어와는 다른 길을 간다. 쇼펜하우어에게 예술은 의지의 폭정과 삶의 참담함으로부터 도피하는 수

단이다. 쇼펜하우어에게 비극은 의지를 진정시키는 효과를 가지며, 단지 삶뿐만 아니라 바로 그 살려는 의지를 단념시키고 내던지게 한다. 이 점에서 쇼펜하우어는 염세적이며, 이런 그를 두고 니체는 심리학적 날조라고 혹평했다. 이중섭은 도피하지 않는다. 그는 세계에 대한 절망만큼이나 삶의 고뇌로부터 벗어나는 길을 절실하게 모색하지만, 다만 찾아지지 않을 뿐이다.

사람들은 해법을 찾는다. 그 해법을 문인은 예술론으로 철학자는 윤리론으로 각색한다. 이중섭은 예술론도 윤리론도 설파하지 않는다. 이 점에서 출구가 보이지 않는다는 것이며, 또한 의지를 잠재우거나 무화하지 않는다. 작품들이 해피 엔딩으로 끝난다면 또는 결말이 있다면 독자들은 숨을 내쉴 수 있을지 모르겠으나 그는 그러지 않는다. 그에게는 삶을 곡해하려는 생각이 없다.

이것이 삶에 대한 진정한 자세가 아닌가 싶다. 그의 인물들은 삶을 무조건적 부정하지도 않고 고뇌를 방관하지도 않는다. 인물들은 고뇌를 인정하고 그 고뇌를 초월하려는 적극성을 보이며, 또한 삶을 긍정하려는 절박함의 태도도 보인다. 그럼으로써 그의 인물들은 비관적 상황에 직면해서도 삶의 비관자로 빠지지 않는다.

우리는 '젊은 시절에는 세상이 인간의 의지로 변할 거라고 믿었다. 하지만 나이가 들수록 세상은 쉽게 변하지 않는다는 것은 알았다.' 그러나 의지를 멈출 수는 없다. 「실비집」의 형준처럼 말이다. '형준은 이미 술기운은 달아났지만 선뜻 집으로 돌아가지 못하고 서성거렸다. 여자의 화장품 냄새가 아직 코끝에 얼얼했다. 손끝에도 머리카락의 감촉이 온전히 남았다. 골목 어귀 전봇대에 기대어 우두커니 서서 실비집을 바라보았다.' 그러다가 직박구리 같은 신세가 되어도 말이다. '직박구리는 둥지가 있던 가지에 앉아 주위를 두리번거린다. 한참 후에 내가 있는 창문을 스윽, 쳐다보더니 날개를 털며 천천히 날아올라 멀리 숲 쪽으로 사라진다.' 그는 의지의 욕망과 현실의 막연함을 그대로 드러낸다. 그 갈등이 해소되지 않을 때 의지는 폭정이 되고 현실은 참담해진다.

직박구리가 사는 은행나무

초판 1쇄 인쇄일 • 2022년 7월 20일
초판 1쇄 발행일 • 2022년 7월 25일

지은이 • 이중섭
펴낸이 • 임성규
펴낸곳 • 문이당

등록 • 1988. 11. 5. 제 1-832호
주소 • 서울시 성북구 동소문로 65-2 삼송빌딩 5층
전화 • 928-8741~3(영) 927-4990~2(편)
팩스 • 925-5406

ⓒ 이중섭, 2022

전자우편 munidang88@naver.com

ISBN 978-89-7456-544-2 03810

값은 뒤표지에 표시되어 있습니다.

잘못된 책은 바꾸어 드립니다.
저자와의 협의로 인지는 생략합니다.
이 책의 판권은 지은이와 문이당에 있습니다.
양측의 서면 동의 없는 무단 전재 및 복제를 금합니다.